熊治祁 编

湖湘词全编

（一〇）

岳麓書社·长沙

湖湘文库

续编

《湖湘词全编》各册词人

第一册

胡　曾　释齐己　欧阳彬　侯彭老　王以凝　廖行之　刘　翰
易　祓　易祓妻　章斯才　钟将之　赵　葵　雷应春　赵　溍
王梦应　李　琳　醴陵士人　徐君宝妻　刘　氏　刘　铉　欧阳龙生
冯子振　欧阳玄　马　熙　李道纯　苗善时　刘三吾　李东阳
张　治　龙　膺　陶汝鼐　王　岱　黄周星　陈　震　王素音
王夫之　陈鹏年　夏光洛　杨学林　易宗瀛　陈荣杰　张九钺

第二册

唐仲冕　黄湘南　宋宾逢　周在炽　黄本骐　王　璘　雷玉映
唐婉珠　吴小云　史韫卿　舒梦龄　唐可久　欧阳鹤　李星沅
易　棠　黎吉云　熊少牧　陈芳藻　何绍基　沈　梅　黄婉璚
邹汉璜　罗汝怀

第三册

胡　焯　邹汉勋　邓　琮　吴敏树　言友恂　何慧生　谭　溥
曾国藩　周寿昌　邹汉池　郭嵩焘　孙鼎臣　何桂珍　韶山主人
陈钟英　杜贵墀　李寿蓉　王成升　李　洽　曾传均　邓辅纶
罗　萱　周诒蘩　易佩绅　周诒静

第四册

程霖寿　邓　绎　王闿运　杨恩寿　张祖同

第五册

邓　蛟　田兴恕　龚镇湘　黄维申　张　琳　吴　獬　陈　瀚
李　蓉　陈启泰　徐树钧　周　汉　周翼杶　王先谦　何维朴
张百熙　舒佐尧　胡元仪　李辅燿　皮锡瑞　郑业本　邹世琦
周名建　释敬安　蔡培劼　刘　鉴　唐赞衮　胡元直　陈　鼎
余嵩庆

第六册

王以敏　何维棣　袁绪钦　吴恭亨　黄家骥

第七册

李鹤云　王　济　廖基植　易顺鼎　谢玉芝　谢介僧　魏　繇
陈　锐　易顺豫

第八册

程颂芬　姚肇椿　谭嗣同　罗长裿　程颂万　王　蒧　洪汝冲
黄润萱　唐宗海　何铁笛　曾广钧　胡矩贤　刘善涵　王　彬
汪诒书　黄兆枚　唐景森　唐景尧　齐廷襄　夏寿田　熊希龄

第九册

蔡传奎　章　华　黄　冰　徐芝年　朱　彝　许崇熙　黄　兴

田兴奎　陈天华　左又宜　杨　度　刘肇隅　杨　庄　刘师陶
秦力山　成本璞　欧阳钧　周家树　郭宗熙　王景峨　袁思亮
胡　煐　苏　鹏

第十册

袁思永　易　象　谭恩闿　宁调元　郑　泽　傅熊湘　袁思古
胡熙寿　张　锦　刘泽榘　刘泽槩　刘德鑫　邬思亮　陈润湘
陈　潜　杨延年　杨述章　周诒文　周翼洙　周翼崧　周勋大
周旸寅　周大备　周大肃　骆　鹏　黄　钧　曹典藩　傅道博
谭作民

目　录

袁思永

袁思永（1880—?），字无咎，号巽初，湘潭人。廪贡生。历任驻日本公使馆参赞、驻潢滨总领事、浙江杭嘉湖道道台、浙江兵备处总办等职。有《茧斋诗余》。

高阳台

道县修志局设侯园园中，有方池。池中有水胡庐浮生水面，根隆起作圆囊形。上舒翠叶，中挺茎作花，花凡六出，每花必有一瓣形似孔雀尾状者。考之《尔雅》及《本草》，若蘋若荇，皆不全似然。幽艳可喜，抚景兴怀，不无秋士之感。因乞蒲君凡生为之图，赋此一阕。

露浥香囊，风翻翠袖，奇芳自展幽馨。浅步凌波，妍姿玉立亭亭。红妆艳绝难描处，颤金支、孔雀梳翎。似相逢、兰佩荷衣，月下湘灵。

依稀记得年时事，更无情有恨，梦隔娉婷。如此秋光，怎堪拚付飘零。凭将画本留花住，趁清宵、薄酒微醒。倦修书、半臂禁寒，对影图形。

蝶恋花

凡石图成，并缀以小词见贻，依韵奉酬。

点翠烘金描蝶羽。镜水微波，浅笑通花语。美景延秋君记取，囊中不用将愁贮。

客里风光谁是主？一曲田田，昨夜潇湘雨。旖旎柔情天赋与，愿花长好花应许。

过涧歇 寄潜弟

时长沙危急，弟移家乡间老屋避寇，书来深以隔绝为虑。今捷书已至，作此慰之。时辛巳八月。

天际望故乡，烽火频年，客里关河迢递。好兄弟，日盼横空雁羽，不断将书寄。却又恐、书到开函乱人意。

闻道长沙捷报，乘秋动归计。五云峰是，儿时钓游地。相约重逢，共诉衷情，举家欢饮醉，揾一掬伤心泪。

秋夜雨

残灯一萼垂红穗，偎人长夜无寐。疏棂风过处，又暗雨、衔来秋味。

凄凄响彻高梧叶，似诉伊、为我憔悴。枕畔声更碎，黯滴是、离人清泪。

江城梅花引 中秋对月忆杭州

危栏独倚俯江州。水东流，月西流。对月怀人，无奈是中秋。地尽楚南多石处，尽无数，剑铓山、不割愁。

割愁割愁愁更愁。在潭州，忆杭州。一片一片，往日事、云影悠悠。为问吴山，兵火甚时休。浊酒且拼今夜醉，凭梦到，上钱江、第几楼。

虞美人　重阳寄郑曼叔桂林，次韵

梯云岭名。独自登高处，却忆携樽侣。佳辰休怨客中过，占得南天一角好山多。

乡关痛定思兵火，此恨君同我。漓湘合并一江流，夜夜滩声推梦下潭州。

六丑　有所怀，用清真韵

渐风怀减尽，悔十斛、明珠虚掷。旧时画楼，飞飞双凤翼，梦渺无迹。听说年来惯，异香心醉，爱酒倾西国。金莲曼舞留芳泽，电影瑶台，雷声绣陌。身轻又谁怜惜。纵情痴剩我，无奈天隔。

良宵岑寂，飐孤灯焰碧。绕砌闻虫语，如太息。凄清瘦损词客，怅飞鸿不到，岳云南极。凭栏处、峭风欹帻。空回首、十里荷香月夜，断桥西侧。红楼外、共听秋汐。问那时、做甚些儿事，应还记得。

八声甘州　秋感

泛清潇弹指四经秋，怎禁此离怀。试登高望远，吴江木落，越岫云开。阵阵排空过雁，嘹唳不胜哀。凄绝斜阳里，多少楼台。

苦恨干戈满地，总沙场白骨，铁马黄埃。把妖氛净扫，深仗补天才。问何年、楼船破浪，驾六鳌、横海踏蓬莱。好容我、醉樱花底，唱凯归来。

天香　咏纸卷烟

按《樊榭词序》云："烟草《神农经》不载，明季始自吕宋移植中土，名淡巴菰。食法细切如缕，灼以管而吸之，风味在曲生以外。"可见此物在当时已流行如此。今则纸卷烟，癖嗜更盛。国外输入，与国内自制，岁税为国库一大宗。笄女髫男，人怀一箧。近日价贵，所耗尤巨。然茶余闲谈，灯下苦吟，爇以磷柴，肆意吐纳，亦足以宣郁破闷，借助清兴。余颇有此癖，暇日读《樊榭词》，率尔次韵追和，聊以自遣。

棋局敲残，茶僚品罢，温风媚转香草。玉楮匀裁，金丝细切，异样卷筒枝小。轻衔浅吸，怕息息、吹将花恼。抽向莲灯影畔，非非翠烟同袅。

磷柴不嫌价峭，度幽馨、鼻端闻饱。拾取春宵醉后，啮唇红悄，吐作柔情万缕。纵寸寸、成灰也难了。不断生香，锦囊在抱。

东风第一枝　许佩琪宅观梅

艳雪轻融，柔风暗扇，冷香飞满仙宅。旧欢曾忆西湖，好梦乍回南国。清潇淑气，让此处、园林先得。看竹外、双树横斜，占断一城春色。

山不厌、峭崖径仄。溪不碍、画桥低隔。最宜月上梢头，照澈玉楼夜白。花应识我，是老去、飘零词客。便仗取、消尽乡愁，怎忍浪教攀摘。

浪淘沙　和潜弟寄怀韵

烟树郁连冈，暮霭青苍。老怀憔悴为春伤。心是万山囚不住，飞渡营阳。

多难更思乡，客感悲凉。梦醒遥夜月窥床。便欲见君须缩地，待觅神方。

风蝶令　芙蓉

艳妒霜篱菊，寒偎露井桐。斜阳返射画墙东，特地明妆留到晚来红。

采采群芳后，盈盈一笑逢。天教秋色胜春容，不信东风专是压西风。

以上《礼闲邮斋诗存·茧斋诗余》，光绪三十三年（1907）西泠石印本。

易 象

易象（1881—1920），字克犹，一字梅臣、梅园，长沙人。田汉舅父。曾参加反清、讨伐袁世凯称帝等革命活动，护法运动后任湖南省政务厅厅长。1920年被赵恒惕杀害。

浣溪沙 （三首）

影事迷离二十年，簸钱时节晚凉天，呢呢儿女小窗前。
别后思量容有意，从前欢笑总堪怜，明明如月不成圆。

分得些儿玉臂凉，迢迢银汉两相望，捻痕和月认端详。
解忏痴情甘学佛，为妨清梦悄添香，新词写出总寻常。

一夜西风鬓有丝，花开花落系相思，于今清梦也参差。
半字不曾轻道着，三生修到未嫌迟，残漏春风月上时。

见《南社丛刻》第二十二集

谭恩阎

谭恩阎（1881—1910），字祖庚，茶陵人。谭延闿弟。曾任袁世凯政府陆军部员外郎。有《灵鹊蒲桃镜馆词》。

二郎神

丁未春暮，与季弟出游。归途有遇，惊鸿一瞥，光景旋消。惆怅数春，无复邂逅。弟尝有追忆之作，余更为此解。

受风院落，又剪碎、一庭梅妩。更殢雨笼晴，游云遮日，赢得闲愁几许。遍倚阑干呼谁应，但自怪、离情千缕。嗟往事梦空，姿年波逝，那堪重数。

怜取，花前瞥见，年时三五。便一样春风，似人何在，南陌芳尘惯睹。怎不思量？思量惟梦，除梦有时重遇。无奈是、梦也沉沉，并梦近来不做。

暗　香

宅西北小阁，上有平台，高出屋颠，号曰危楼。往时尝供凭眺，且宴乐其间。自辟瓶斋，乃不更至。春夜月皎，偶复登临，便生今昔之嗟。始知物无大小，盛衰一也。有忆前尘，慨然吟望，词以摅感，用白石自度曲写之。

殢人夜色，又悄然坐我，危楼天北。漫倚画阑，不道明朝正寒食。时序而今易换，叹愁里、光阴虚掷。算只有、林际昏鸦，长共此凝碧。

凄恻，更岑寂。恰月对故人，十分澄洁。岁华过隙，枨触无言暗相忆。明镜朱颜渐改，憔悴尽、青衫非昔。便忽忽、春去也，那能住得。

百字令 清明闰花朝，拟湘绮戊申元夕作

花朝重度，正清明景物，柳枝春透。带雨和烟千万缕，娇色着人如酒。百五韶光，念番风信，令节良辰又。难并佳序，一时芳景疑绣。

恰是月满蟾圆，想东君留意，催花仍旧。留取好春，归缓缓、真个此情难负。新火楼台，卖饧门巷，宫烛分烟候。尊前一笑，玉醅重酹相寿。

虞美人 咏月，拟竹山

少年看月方塘上，明月随波漾。中年看月小楼中，月黑天高，梅影颤东风。

而今看月回廊下，月又如眉也。阴晴圆缺总无凭，一任盈虚，消长不关情。

浣溪沙 拟饮水词

锦样年华不可留，也知留得更多愁，为谁终日正凝眸？

朱户抛残金了鸟，翠翘斜拂玉搔头，一腔幽怨向东流。

思佳客 春闺

玉蕊华灯思悄然，锦衾鸳被未成眠。檐前细雨声如怨，帘角微风漏已阑。

情恻恻，恨绵绵，带围宽尽不胜寒。欲知一夜愁多少，恰似春潮去复还。

十六字令

圆，月挂秋千白玉盘。凭谁玩，飞过女墙边。

烟，似有如无断续间。凝还散，游漾可怜天。

山花子

斗帐流苏夜已阑，东风无意却窥帘。惊起独眠人不寐，不堪看。

绮思渐随春梦远，玉楼空近碧霄寒。孤月照人多少泪，泪痕干。

菩萨蛮 拟花间（二首）

人人尽说春来好，游人只合随春老。春色碧如烟，春深闻杜鹃。

楼中人似月，玉貌肤如雪。独自莫思量，思量枉断肠。

春来城里春光好，春风摇荡春慵恼。对此忆蛾眉，路长烟草迷。

珠帘垂罣罳，憔悴怜幽独。再见不如休，见时人更愁。

八六子 别情，拟淮海

恨无边，恨如春水，粼粼欲去仍还。念岭外音书绝后，枕间残梦醒时，离情万千。

那堪风雨连绵，十里马蹄人远，天涯碧草芊芊。恁立尽、斜阳去车流水，带围空减，片魂长断，愁看处处林鸦噪晚，沉沉山意将阑。更萧然，黄昏又啼杜鹃。

瑞龙吟 用清真体

己酉重九，吕无闷招邀，载酒登南郭醴陵楼，慨然有作。

楼前路，惟见四野平芜，万家烟树。郊原带郭连樯，浮云望极，天涯甚处。

漫延伫，因念旧时锋镝，胜饶非故。依然岸帻簪萸，画阑坐我，朋侪共语。

年去年来何事，岁华偷换，流光如许。为道近时襟情，怀抱常负。凭高纵目，还忆登楼赋。知谁伴、西园燕饮，东篱闲步。啸侣携筇去。翠微尽是，伤秋意绪。恁解愁千缕。无计挽，斜晖凄其风雨。远山暮色，动人情愫。

又　用梦窗体

秋已云暮，醵饮市楼，风雨不时，景色凄异。湘流坐对，一望淼然。乘醉作此，将有所感，而物附之。寄声恍忽，托兴无端。明日大武视之，以为有铜驼之叹，新亭之悲也。

市桥畔，弥望岸溅流花，浪摇晴练。遥山黛色依然，淡烟半野，秋痕一线。

更凝盼，容易几番风雨，顿成秋晏。登临也怯轻寒，恁情独自，凭阑望眼。

因念东篱深处，露黄宜摘，霜腴堪剪。只恐翠微，匆匆秋又催换。蔫红病绿，谁共当时见。还忆元都秀句，桃花人面。笛里关山怨。暮笳四起，昏鸦历乱。总道深杯浅，离绪不胜情，情思无限。夜来故月，长窥楼半。

齐天乐　十月五日夜始见新月

谢郎独自成词赋，千秋又谁能语？挂柳新痕，穿帘淡影，都是才看伊处。愁弯似诉。料有恨无言，素娥凄楚。一曲银钩，待他端正自窥户。

孤光暗移院宇。倚阑人未睡，空对凝伫。故国三千，秦楼十二，别有伤心无数。离情万缕。叹解忆长安，那人犹阻。莫上寒砧，断肠声更苦。

扬州慢

科举废罢久矣，有司有所兴作，辄竞取旧琐院为之，法政学校其一也。一日偶过，陵移谷变，故址都忘，所可识者，惟斜阳高树而已。感叹今昔，不自知其声之哀也。

层阁玲珑，五云飞起，俊游转见凄凉。问陈根废陌，但一片斜阳。记前度、秋风数过，乱鸦栖处，惟剩垂杨。最无情、哀角吹时，偏断人肠。

故巢燕子，便重来、前径都忘。漫指点迷芜，依稀共忆，同话沧桑。燕麦兔葵犹在，知谁认、旧日刘郎。更伤心、摇落归途，残照微茫。

木兰花慢　落叶

听商飙一霎，吹不尽，又重飘。正渭水风生，洞庭波远，木落亭皋。霜林几回暗剪，问苍松谁共岁寒凋。未忍无声委地，澌澌还更萧萧。

频惊倦旅背青灯，吊影黯魂销。恁响彻罘罳，声连屈戍，欲住仍敲。宫沟断红应拾，怕相思犹有字同漂。第一丁宁刘阮，等闲莫误源桃。

又　次前韵，和黎鲸庵听叶词

是深闺乍起，残梦远，思犹飘。看睡眼惺忪，枕霞微印，侧耳庭皋。支颐暗防臂软，念朱颜生怕共秋凋。莫是韦郎至也，疑他归骑萧萧。

并刀纵有奈凄其，不住恨难销。更忽忽初闻，声声渐紧，飒飒还敲。吹来茜窗恁响，似秋娘身世叹萍漂。漫赋班姬团扇，可怜人面缃桃。

八归　冬晴晚步偶成，拟湘绮

年年酒会，处处文期，流光细数多少？文章信美知何用，且自鸣俦岸帻，携筇登眺。休道长沙卑湿地，占宇内风流尽了。更有枫林红叶，正着晚霜饱。

借问岁时令序，自西风起后，惟有冬暄最好。晓莺天里，暮蝉声外，几见尊前一笑。道春慵易感，秋怨难胜思萦绕。又何如、呼月冰池，看梅雪地，尚摅我怀抱。

莺啼序

雨湖夫子，秉德守道，不阿流俗。运厄阳九，实至无归。终以微官崎岖，委质人国，宜有黄钟瓦缶之伤。今春方自集诗词，更远征序于某，欲以遗世。未及杀青，而曳杖之歌已起。旅榇萧条，贷然后举，冬仲乃返长沙。某又属在病中，不克申莫。因念亲承教诲，问学无成，独夫子不以为不肖，贸然称之。每有篇什，辄荷矜嘉。延誉无方，人疑其过。嗟乎！惠死而庄杜口，钟没而师废琴，盖赏音若斯其难也。从兹不惜歌者苦焉，世岂复有如吾夫子者哉！升堂兴华屋之悲，入室动人琴之戚。过淹中之馆，但有伤心；缅海上之风，惟余恸哭。以是言哀，哀可知矣。爰寄之长歌，以比于绋讴之无节。夫子有灵，其亦识我否也？

凄猋莫来更扰，唤人愁尽起。沍寒雾、夜月微明，小窗低暗灯蕊。听帘外，萧萧渐急，疑闻细语声声碎。纵饶他，如水并刀，未剪愁思。

华屋山丘，醉挝马策，感当年弟子。漫回首、才说临岐，断魂依旧萧寺。叹生平、文憎命达，岁华逝、弥惊弹指。更伤心，山木颓摧，问天何意。

江南吊鹤，腹痛黄垆，又山阳笛吹。还暗省、传经融帐，抑掩幽哽，说注虔舆，顿非尘世。分明在眼，英辞妙墨，几回重向遗篇哭，看丹铅、手泽空憔悴。何堪蒿里，兴讴注海倾河，见说素旗归只。

知音自惜，茹叹填词，恸广陵散矣。念此后、琳琅奇字，绝艳惊才，赋笔吟笺，便无清致。潇湘波淼，佳城葱郁，风流摇落悲宋玉，抚哀弦、弹入凄声倚。遥看山色苍凉，楚些重招，片魂在否？

祝英台近　调友人

淡妆收，残篆冷，凉月上朱户。有美一人，哽咽背灯语。

是他牵得愁来，那人何处，怎知道、愁来恁苦。

为君诉，团扇轻委秋风，长门又谁赋。梦也伤心，况梦沉天阻。饶君恩怨分明，争如不见，悔多事、当时一顾。

满庭芳　十一月十一夜对月有忆

明月依然，玉人何处，小楼容易黄昏。篆残灯烬，寒重费炉温。人去秋千挂月，遗钿地、犹忆春痕。还翻羡，窥帘淡彩，长照可怜颦。

多情，弹指际，望中人渺，青鸟无闻。纵微波漫托，谁与殷勤。梦便有时梦也，奈梦云、不到桃根。凝眸久，冰蜍乍转，遐宇净如银。

南　浦

为稣庵量珠贺渠，近复以新姬小影寄示。其人盖张姓。

穿檐素月，过罘罳、双照并肩人。为问新妆谁似，眉样已无伦。却笑世间儿女，误韶华、负了可怜辰。看凤鬟倭堕，曼鬋垂靥，何处不销魂。

莫唱渡江旧曲，怕移花、莺燕怨桃根。暗转三星低户，歌外恁娇尘。眼底镜中春影，料深宵、还近夜来颦。算画蛾容易，楚兰家法只今存。

湘春夜月　闺情，拟淮海

又黄昏，小阑扶恨殷殷。可奈误了啼鸦，残梦竟如云。欲共梦云飞去，怕梦云轻薄，不绾离魂。望蓬莱远隔，刘郎甚处，空有沾巾。

银屏倦倚，璚炉待烬，瑶瑟生尘。凤帐凝寒，惟剩有、梦时明月，依旧当门。新来瘦损，问为谁、宽尽罗裙。这次第，算难言第一无人，更觉憔悴孤颦。

前　调

岁暮闻湘上歌舞重兴，言念昔游，坠欢枨触，渺兮予怀也。

最消魂，画堂前度开尊。可惜翠舞珠歌，都化梦无痕。自见广寒人去，算几番醒醉，立尽黄昏。念夜阑酒畔，繁弦脆管，那得重闻。

分明应识，惊鸿片影，飞燕轻身。玉貌依然，惟是有、一丸凉月，曾照春人。霓裳更理，问甚时、还断音尘。待后约，怕香桃也瘦年华，畹晚愁向王孙。

仿弁阳翁效颦十解

草窗十拟，诸体各肖，皆极其工。余雅爱之，因师所制，亦成十阕，以当消寒。知无解东颦，窃规邯步而已。

四字令 拟花间

兰釭穗长，金猊烬凉，玉阶碧瓦凝霜，送流光满窗。

鸾钗淡妆，罗襦素珰，相思欲梦高唐，望巫山断肠。

西江月 怨情，拟稼轩

千古三生杜牧，十年一觉扬州。凭君能说几多愁，惟有酒痕依旧。

已向枕边寻梦，更从楼外凝眸。天涯几度误归舟，一看一回消瘦。

江城子 拟蒲江

天边恨影黯盈盈。似多情，更无情。试问婵娟，何事苦分明。二十四桥常照地，能几度，着娉婷？

亭亭含怨倚银屏。怕啼莺，又闻莺。人自春醒，春去对谁醒？日日盼君君不至，空有梦，梦难凭。

少年游 宫词，拟梅溪

珠奁宝镜晓妆成，谁得掌中擎？几度羊车，翠微宸玩，那处重经。

卫姬郑女腰如束，齐奏广寒声。歌蝼蛇处，舞婆娑处，一片柔情。

好事近　拟东泽

凉雨洒中庭，恻恻晚寒犹力。早是霜空鸿杳，又问谁消息。

小窗都滴似秋声，闻声更岑寂。寂寞帘笼孤枕，便甚人怜惜。

西江月　拟花翁

临晚轻妆袅袅，禁寒薄袖盈盈。啼花嗔柳旧心情，浅约宫黄眉影。

别枕依依短梦，微风故故吹醒。新来不为酒方酲，犹是春前一病。

醉落魄　拟参晦

凄凄切切，红楼苦忆当年别。相思有恨啼难说，背泣银釭，离思正愁绝。

晶莹掩映明肌雪，流苏梦冷情无竭。解人惟是玲珑月。愁纵新愁，月尚去时月。

朝中措　拟梦窗

等闲相遇笑相迎，螺黛远山横。脂重双涡浅晕，波回一晌深情。

摇杨如梦，兔寒孤瞪，虬转丁丁。何日鸱夷一舸，五湖已说波澄。

醉落魄 拟二隐

祁寒甚烈，熏篝烬冷银虬咽。珊瑚梦绕肠千结。舞罢罗衣，犹是去时褶。

朝来饮恨谁能说，凝愁泪重难胜睫。园华似尽伤离别。暂立庭隈，飘下萎黄叶。

浣溪纱 拟梅川

镇日飞花惹恨长，庭前垂柳更垂杨，吹人疑是鬓毛霜。

燕子不归帘半卷，海棠孤睡梦初凉，相看欲断已无肠。

女冠子 十二月三日喜雪赋词，拟屯田郎体

楼台琢玉，撒吴盐、满地如许。飘零也似絮，甚杨花晚落，院宇翻纷，广衢交错。梦梨云疑未觉，渐逼熏篝，重寒侵户。乱飞焦寝，密拥袁门，绕空无数。

想离人，驱马蓝关驻。料诗人，骑驴灞上成新句。谢庭漫语。正梁园漠漠，授简起吟词赋。剡溪舟夜过，历历闺中，狻猊初塑。更一枝、南畔照水，蕊蕊梢头将吐。

朝中措 拟清真

愁中见了笑盈盈，一笑一倾城。妆罢十分旖旎，梦回百种忪惺。

千般瑶怨，一襟绮思，总为多情。瘦损腰支有恨，步摇环佩无声。

三部乐 雪霁，拟湘绮

湘绮翁尝为人作书，自写其词，未署调名，余视之，则《三部乐》也。会有所触，辄效其体，亦成一解。托兴残雪，以识盛衰。

密布同云，撒柳絮，更夸柳花同色。令威应叹，重见尧崩三白。那禁得、天际元英，又几番晓驭，暗化珠珀。绿窗早凭，一望已怜狼藉。

相将院阶携手，看向来拥处，自成今昔。官梅如许，亦瘦风流标格。听檐冰、恁时碎滴。都道似、秋声满壁。一帙流均，还记取、银钩墨迹。

声声慢 敲冰

关河初合，池沼新胶，峨峨入抱生寒。共煮精莹，重修韵事开元。深宫夜来双箸，引君王、一笑同看。最好是，更分裁细缕，争簇奇妍。

还念闺中儿女，也彩丝穿取，嬉戏阶前。试听声声，如闻玉磬铿然。丁宁莫教碎地，向清宵、疑是蟾圆。漫记取，冻凝红别泪正澜。

庆清朝　呵冻

竹叶名湘，桐花号蜀，檐冰齿列琅玕。梅妆正着揽镜，螺黛初添。把管吮毫恁久，颤声如病气如兰。相凝处，疑无似有，暂散仍旋。

因羡篆炉最好，也一丝微袅，得伴香荃。松烟匣砚，脂痕班驳依然。犹忆骑归去晚，坼文龟手教同看。天寒甚，禁中具草，宫嫔闻宣。

夜合花　围炉

地讶飞霜，城疑不夜，卷空谁布同云？严寒透幕，驱他须是庸君。纳貂袖，近芳襟。更催增、兽炭频频。相看环坐，无嫌炙手，何羡朝暾。

深闺拨火殷勤。应叹相思画惯，那共温存。绿蚁红泥，当年诗思犹闻。淮南赋，杜陵吟。待岁除、守漏消沉。芋煨山舍，梨烧宫禁，佳话留芬。

一萼红　负曝

小庭深。有冬暄远照，倭妥又还阴。融冻楼台，消冰院宇，瑶砌时听淋淋。乍相逢、湘绮训逢字如今碰字，因从其说。盈盈不语，待倦倚、无奈易黄昏。野老愚衷，故宫离怨，都共殷勤。

闻道别来多思，料斜阳到处，也怕登临。袄着黄绵，盤堆赤玉，时序谁胜而今。暗犹忆、香山雅句，向南轩，帘卷坐迎曛。漫说无多短景，且自闲吟。

碧牡丹慢

十二月十五夕，观四春部吴伶奏技，歌容舞态，仿佛当年。既无缣素之短长，非徒虎贲之貌似。欣兹新赏，弥思旧游。感遇成歌，泚笔赋此。

翠管初翻，新妆恰似，河阳旧日春艳。梦也还疑，又月满庭院。惊看妙舞妍歌，珠吭莺舌，兰情水盼。细阅轻怜，总平生稀见。

桃花最苦飘零，都道伊、春风不管。但认取、琼枝玉树，何异再逢岁晚。故情今思，旧色新香，绣幕华灯几曾换。尊前待说坠欢，怕离愁莫遣。

解　红

前词意有未尽，更赋二十七字。

叹绝世，似名姬。舞衫歌扇相参差。都道新人胜于旧，旧人谁忆乍来时。

汉宫春

十二月廿六日立春作。时兼闻绮春故人有重来之说，感而赋此。

春已归来，算美人心上，也盼春归。冬暄如许，未忍收尽残晖。春归甚早，料春葭玉管霏霏。争又见、黄羊祀灶，更看朱户黏鸡。

却念春归从此，便天涯处处，草长莺飞。归来旧时燕子，转自徘徊。春风半面，问何人、向日崔徽。生怕是、菱花羞对，依稀故梦惊回。

送入我门来　己酉除夕

嶰管新翻，椒盘始献，驱傩爆竹声催。迅羽流光，春共五更回。已怜今岁今宵尽，却又喜明年明日来。看迎年，宿岁复涂宵梦，阴氏晨祠。

三六盈虚若瞬，残冬只余此夜，夜亦何其。漏永更阑，浑不忆年时。年来更没关心处，且一任春阳去复归。待明朝剧饮，屠苏酒暖，独守新梅。

一萼红

庚戌人日作，用石帚淳熙丙午人日词韵。时方偕友人游明德学校归。校有层楼，上因为台，可俯视麓山，城郭更出其下。

登之爰有冶城之思，乃为词云尔。

柳成阴。数千条万缕，风落似遗簪。庭雪鸦惊，檐花鹊喜，年事强半消沉。漫回忆、儿时况味，话梦雨、空有绕枝禽。往日楼台，旧游池馆，还共登临。

疑拥素云黄鹤，至琼楼玉宇，缥渺仙心。诗句新题，梅妆乍试，遗韵谁更追寻。问春到、人家几许，想屏风、犹自帖泥金。且访城西看花，莫待春深。

三姝媚　春宵坐雨

流苏惊梦散。正窗前，风声雨声无限。遍湿庭阶，渐透帏穿户，夜寒如剪。试起挑灯，休漫说、无眠听惯。淅淅淋淋，到晓连宵，动人凄惋。

因念吴娘春院。更点点声声，为他肠断。静忆天涯，算天涯迢递，比情仍短。待约鸾笺，残漏永、和成清怨。欲写还依，不忍偷连泪卷。

摸鱼儿

问湖山、纷纷歌舞，新妆谁似飞燕。可怜一曲当筵醉，无奈玉娇香怨。情缱绻，记絮语、辞巢人在阑干畔。离愁万感。待更不关情，此情仍自，已共水天远。

伤心事，最苦人间聚散，无情犹有痴憾。重来纵续笙歌梦，瘦损画图春面。君不见，歌舞处、凄凉萧瑟成秋苑。楼台易换。任侠客无肠，王孙有恨，目送楚江晚。

大 酺

夏初晚步，过平黔阳庐仲兄季弟，暨两谭先生先在。酒酣偕游教育会新舍，怀昔伤今，连情发藻，于是有作。

渐夕曛收，鸣蜩静，风里新荷初浴。园华经节换，只垂杨依旧，弄晴飘扑。树密烟疏，鸦喧影乱，人喜叩门音熟。良时何期聚，更佳酺同醉，俊游还续。奈浮泊残英，漾空余絮，殢人心目。

追思欢意促，最无计、三浅嗟陵谷。且莫论江淹词赋，庾信文章，忍浮名、赚他蛾绿。算有高楼月，犹自识、昔来巾服。暗枨触、元都客，回首前地，唯见五云飞矗。话愁共谁剪烛?

西子妆慢 庚戌重午

堤柳垂簪，路榴照眼，令节欣逢重午。笑看风景复依然，听江头、画船钲鼓。形裁艾虎。更招展、新蒲在户。趁郊原，共巧盈芳草，明妆如许。

行吟去。水榭名园，又赚游客住。落花仍自妮来人，认分明、那回烟树。荷香暗度。问开遍、芙渠谁主?倦归途、一缕新蟾付与。

长亭怨慢 庚子七夕

七夕调，古今作者憾于久别，多幽忆怨断之音。秦淮海独反其意，今为广之。

又容易、金风玉露。院宇初凉，楼台销暑。织锦遗闻，泛香流韵，究何许。月华如水，极目处、微云度。碧汉料无波，但认取、鹊桥前路。

延伫，念穿针绮思，堪笑世间儿女。金钗钿合，问离恨、当年谁诉？莫艳说、暮暮朝朝，算惟有、明河千古。想后约还期，不羡巫山云雨。

桂殿秋 （四首）

秋正好，日初融，钿车经处瑞香浓。夭桃华始瑶池露，丛桂馨时玉殿风。

箫管奏，佩环鸣，云軿疑下董双成。溶溶帐箔冰绡卷，滟滟天河玉练横。

花似雾，月如霜，华灯掩映对明妆。银屏乍拥清无汗，冰簟还欹漏渐长。

金魄动，玉绳低，好天良夜夜何其。应知蠹简成书日，正是鸾笺写韵时。

以上《灵鹊蒲桃镜馆词》，1930 年铅印本。

宁调元

宁调元（1882—1913），字仙霞，号太一，醴陵人。1905年留学日本，加入同盟会。回国后因宣传反清革命，遭通缉，复避走日本。1906年底，受孙中山、黄兴派遣，回国策应萍浏醴起义，起义失败后被捕，系狱三年始获释。1913年，因参加讨伐袁世凯，在汉口被捕，关押三月后被害。有《明夷词钞》。

蝶恋花

月易缺圆云易散。九十韶光，又早花朝半。镜里朱颜今昔换，年年春去春来惯。

一两流莺声呖乱。斗酒双柑，记否江南岸。和梦和人消息断，泪痕莫向青衫看。

归自谣

巫峡女，总为行云行雨苦。朝朝暮暮痴应语。

隔江有个人独处。知交许，化为顽石甘心汝。

芳草渡　游侠

屠燕市，宿秦楼。黄金尽，白日幽。酣歌达旦舞吴钩。行迹独，知交绝，奈何秋。

朝雌伏，夕远游。出入波涛惯也，如风雨，取仇雠。刀光起，革囊血，遍全球。

长相思

桃也红，面也红，旧日相看今梦中。愁多欢又匆。

西山西，东墙东，塞雁河鱼消息通。相思可是同。

鹊踏枝

走狗功名悲绛灌。鸟尽弓藏，收束从来幻。永夜漫漫何日旦，孤桐又付行厨爨。

独自思量无限恨。锦瑟年华，忧患消磨半。碌碌依人何足算，男儿好个头颅断（一作“安排情绪般般断”）。

千秋岁　祝文君牧希双亲六十之寿

岭梅花着，喜噪庭前鹊。木公金母三生约，订同时出世，福命休嫌薄。好容易，经过六十年华各。

便古稀非寿，更百年欢乐。还一个，儿郎昨，万万千千里，为采长生药。老莱子，堂前戏彩应相若。

卖花声

春草满池塘，春梦凄凉。章台垂柳水边杨。旧是殷勤扶植处，刚几星霜。

今日比蜂狂，飞过东墙。温柔何处可为乡？早悟回头皆是幻，断甚心肠。

相见欢

光阴老却棋枰，锁江城。何处霜砧敲一两三声。

魂欲堕，星欲小，隔天明。恼乱不堪离别万般情。

潇湘神

欢断肠，侬断肠，海天人远月如霜。何限今生今后愿，肩儿相对影儿双。

罗敷媚

金笼鹦鹉年年困，毛也飘零，羽也纵横，陇月汉云空复情。

前途可是翱翔处，山有鸣矰，水有鱼罾，孤掌难鸣死不能。

一剪梅

黄叶萧萧故国秋。明月如钩，好梦如鸥。问天贮有许多愁。朝葬蜉蝣，暮听猿猴。

隔一年前事记不？遮莫回头，望岳阳楼。华年抛掷万般休，十载幽囚，九世仇雠。（下半阕一作：“隔一年前恨莫消，山样风潮，海样仇雠。华年抛掷万般休，低是眉头，瘦是纤腰。”）

虞美人　赠别雪安、子惠

相逢不久分离又，桂子香时候。更无长物作人情，分半秋愁秋闷送君行。

身世把浮萍看待，后约何当再。一天路远一天云，珍重夜眠添盖饭加餐。

朝玉阶　为楚狂题小照

故国莺花一梦阑。不堪回首问，旧河山。思量却有泪汍澜。时流千百辈，可儿艰。

卅年迟暮美人欢。头颅如此好，付谁看。会将携手扺幽燕。明珠珍重些，莫轻弹。

减字木兰花

一天情绪，遇着西风吹作雨。雨雨风风，听到黎明耳也聋。

好事休说，好月易圆行复缺。猛些回头，各散芳筵各自愁。

丑奴儿令

满城风雨重阳近，白了芦花，苍了蒹葭，孤负年华与岁华。

穷愁肯向人前诉，出也无车，归也无家，撒手悬崖计又差。

虞美人

灯花坠落寒风骤，消受秋愁够。回思往事百伤怜，心似辘轳上下转床前。

夜来更漏敲残未，和梦和衣睡。欲随明月过东墙，身子怜他依旧恋空房。

醉花阴

陇首秋云飞作雨，打得人心怖。才过了中秋，又过重阳，悔把佳期误。

年年花下闭门住，啼血化为树。银汉隔红墙，诗句题将，知流到何处。

青玉案　答钝子（二首）

关河一带玄黄色，正争战，龙蛇激。夜气冥冥天叵测。人民城郭，大江南北，万种空陈迹。

头颅尚保将三十，竖子成名几千百。恨事如天谁与白。君为侬舞，侬为君泣，迢递风烟隔。

去年今日分飞疾，岂知隔年今日。别有升沉天各一。是奇难偶，是双成只，梗断萍应泣。

更从今后知何极，鸡鹜凤凰常共食。世事迷离谁黑白。怀荆山璞，载鸱夷革，总为前途侧。

捣练子

人去也，隔潇湘，绛蜡成灰夜未央。万事何堪都作梦，西风吹堕菊枝霜。

醉花阴

独处无郎良夜误，宋玉东墙住。红豆是前身，粒粒相思，谁复卿卿误？

旧时为雨为云处，分手天如雾。只有梦堪寻，梦到醒时，更不堪云雨。

钗头凤

江南北，天黄白，可堪千里关山隔。人同气，游同地，三三两两，如兄如弟。记，记，记！

伤今日，无消息，泪珠滴破青衫碧。分离易，荣枯异，监门长闭，是何身世。系，系，系！

长相思

桃花妍，杏花妍。风景不殊人各天，匆匆过一年。
思绵绵，恨绵绵。一夜烦纡数起眠，便梦也难圆。

少年游 和哀蝉次元韵（三首）

和卢莫起病根深，冷眼看人心。满径杨花，一场春梦，更万里天阴。

倏生倏灭倏升沉，泡影苦追寻。历劫孽缘，几重魔障，长夜对孤灯。

九重更比九关深，虎豹攫人心。一龙一蛇，一上一下，负廿载光阴。

向天搔首夜沉沉，羊去更休寻。世道迷离君和我，算还是，两明灯。

思君情比洞庭深，谈笑隔年心。当时城郭，几回风景，零落剩花阴。

拼将身与陆俱沉，踪也渺难寻。借问阿谁堪作伴，一螺艇，与渔灯。

虞美人　和哀蝉落梅次韵

天涯海角音尘断，意绪千条乱。瑶华错认是疏麻，人约黄昏恰好月横斜。

心头万劫还留影，好梦罗浮醒。天荒地老不开门，怕倚江城消瘦广平魂。

浪淘沙　次韵答哀蝉（三首）

一腹贮千愁，长夜悠悠。自怜要妙美宜修。谣诼忽然来众女，泪洒芳洲。

诗狱苦埋头，时俗昏幽。男儿不虏便为侯。铸得铁锥长尺五，愿子同仇。

无计可消愁，天路悠悠。中情皓洁信余修。萧艾不锄兰蕙萎，容与江洲。

举世烂羊头，舜死尧幽。羞羞铜臭汉公侯。怪道薜萝山畔女，少与多仇。

靡靡古今愁，思念悠悠。人亡国瘁负前修。难得葬身埋骨处，寻个仙洲。

明月恰当头，风景清幽。种瓜待老故时候。恩爱觉来都是幻，遑论仇雠。

桃源忆故人　感怀

夜来辛苦风和雨，零落繁华几许。破碎金瓯谁补？惆怅忘天曙。

当时折赠芳馨处，有梦也留难住，有泪也挥难去。耻与屠沽伍。（此阕一作：“夜来辛苦风和雨，零落繁华谁主？破碎金瓯无补，剩我闻鸡舞。　汀洲杜若遗何女，老已一般顽腐。少也空工眉妩，默默天无语。）

点绛唇

棘地荆天，悠悠愁到何时了。容光正老，苦说韶华好。

廿载奔波，水月因缘扰。思量巧，泪珠多少，湿透罗衣表。

如梦令

帝子花衰还种，寄语东皇珍重。风雨夜如何？叶叶枝枝断送。沉痛沉痛，又了一场春梦。

浪淘沙　为岳丈阳凤梧先生题小照

沧海化桑田，沉醉苍天。算公丘壑老风烟。不必桃源寻往境，便抵神仙。

国事付儿肩，猛着先鞭。陆沉倘起看他年。铸像若论功首在，也要巍然。

望江南 题哀蝉沧桑红泪词

繁华梦，梦到几时醒？风景都非人事改，只余皓月射疏棂，还似旧时明。

君且住，世事已如斯。满眼沧桑多少恨，凄凉只有泪痕知，珍重写新词。

解连环 次韵答钝子寄怀之作

卅年潦倒。值风吹潮卷，天荒地老。几曾料、如此艰难，负万种情怀，一生襟抱。苦苦辛辛，向故国、山河萦绕。到如今收局，凤锁鸾囚，忧愁不了。

旧事何堪重道。似林青月黑，鬼哭天晓。醒来时、独自思量，觉爱恋都空，韶华大好。剩汝和高调哀蝉，犹题寄、数联诗草。剧悲歌、赏音寥落，解人茫渺。

桃源忆故人

帝阍暧暧空延伫，狐狸豺狼几许。凤鸟鸱鸮为伍，憔悴高丘女。

众人皆醉侬何补，不管欧涛亚雨。博个关门闭户，算是龙为鼠。

满江红　戊申二五初度（三首）

水绿山青，望绵邈、中原何极。甚一夜、西风摇落，便成畴昔。弦柱华年抛掷半，囹圄甲子消磨十。待几时、云雾为开开，回天日。

牛同皂，恨难涤。马生角，涕沾臆。看大江东去，虏氛南逼。已分功名成画饼，只今王霸空陈迹。尽千秋、黄土与安排，长埋碧。

岁月迁延，倏过了、中元时节。空悔恨、花开花谢，不曾将折。帝女新添瑶瑟怨，娲皇惭补中天缺。想今生、孽果又重圆，红羊劫。

骥伏枥，心更烈。虎变鼠，喉为咽。望帝城何在，匈奴未灭。浪迹东西桃梗断，闲愁千万丁香结。检从来、历史几兴亡，浑难说。

独立苍茫，共千里、月明今夕。正旧恨、新愁如絮，重重相积。鸾鸟托身榛与枳，豺狼倚狈胶和漆。枕长戈、夜起问青天，天何极。

填沧海，精禽石。开蜀道，五丁力。奈南风不竞，秋虫在壁。人事浮云西没易，年华逝水东归亟。数亲朋、故旧几何存，千难一。

长相思 （二首）

魂成痴，梦成痴。寻到金微路不知，闲庭月上时。
忧无涯，竟无涯。写寄新词复旧词，秋鸿归去迟。

贫相思，病相思。日祝君归君未归，相思花满枝。
柳如丝，鬓如丝。摇落秋风秋雨时，忧愁只自知。

蓦山溪

穷阴杀节，扑面凉沙起。云水一重重，对如此、江山信美。汉唐明宋，几个旧名词，寻历史。今犹是，神鼎潜移矣。

人生至此，悲愤何时已。落叶下空林，问身世、飘零胡底。流光壮志，渐渐暗消磨，上帝死，天还圮，且住樊笼里。

满江红 书感

暑往寒来，叹人寿、几何时节。剧独自、思量往事，柔肠欲裂。锁恨寰中鱼目紧，寄愁天上鳌头折。算酸辛、历尽只囚徒，般般缺。

好收束，渡江楫。莫更掉，广长舌。任桑田变海，国亡家灭。情泪销为三月雨，热潮化作千山雪。免他生、再遇转轮王，心香爇。

诉衷情

湘山湘水思悠悠，老病锁高楼。一朝暮北风雨，便断送，可怜秋。

看几辈，曲如钩，反封侯。蛾眉苦妒，谣诼纷飞，谓我何求。

调笑令

人影人影，一个清清冷冷。夜阑难觅知音，相与商量古今。今古今古，独自商量正苦。

忆秦娥

月何极，明明长照红颜色。红颜色，疑云疑雨，楚王宫北。

相思相忆头丝白，欢娱已往今非昔。今非昔，温柔乡路，安排抛掷。

玉树后庭花

关山千里音尘隔，芳菲消歇。一参一商天南北，几时见得？

空相忆旧时颜色，泪珠凝碧。北风也似人情仄，凉薄何极。

清平乐

相思正苦，惆怅黄昏雨。恰好月圆刚十五，知有闲愁几许。

青鸾不递愁书，天河又隔双鱼。移取吴郎玉斧，替侬情种锄除。

误佳期 闲情，和钝子韵

窗内呢喃细语，窗外丁东细雨。尚疑声响太分明，着意防鹦鹉。

郎上愿河船，妾把情天补。双双化作并头花，笑检群芳谱。

后庭花

三年地狱天如墨，白驹过隙。雄心已共寒灰寂，头颅犹昔。

一朝一暮愁千百，雨斜风急。从今推想收场日，应更萧瑟。

采桑子 和哀蝉移居留溪作，次元韵

江山处处荆和棘，老泪潸然。图个安便，流水年华感逝川。

留溪差可桃源拟，梅柳门边。鸡犬云间，不必飞升却是仙。

减兰　和哀蝉留溪寓中作，次元韵

心空境净，花鸟不传门外信。渺渺云山，梦见虽多相见难。

明灯不照，世事茫茫成瞎闹。秋雨秋风，忍向斜阳泣故宫。

秦楼月

伤离别，陌头杨柳年年折。年年折，何消屈指，初交时节。

北风夜吹城南缺，枕衾相对人悲咽。人悲咽，一身如寄，梦阑成铁。

满江红　感事柬某君（二首）

旅梦千年，问蝴蝶、庄生谁是。只可恨、盗多如鲫，圣人不死。长夜苍蝇声断续，漫天贝锦文缕斐。恐从今、黑暗更难分，人和鬼。

挽千斛，银河水。洗千样，平生罪。卧高楼百尺，元龙差拟。腐鼠任凭鸱鵵吓，泥鳅莫喻蛟龙旨。便浮云、转眼过长空，休提起。

黄鹄高飞，待唤取、归来同住。剧劳汝、暮三朝四，狙公赋芧。一曲广陵今夜月，千钟鲁酒黄昏雨。叹炎凉、时节已推移，天如故。

惜往日，屈原赋。投五体，要离墓。笑壮怀勃郁，而今老去。灯火险为魑魅灭，山头听惯婴儿语。猛回头、世事几沧桑，心魂怖。

忆秦娥　次前韵答钝子见和

萧条极，年年人面桃花色。桃花色，萍踪无定，江南江北。

明眸未合东方白，相偎相倚成畴昔。成畴昔，几何人寿，暗中偷掷。

满江红　次韵答钝子见和书感之作

若木难攀，空剩取、岁寒高节。险独立、崇山千仞，云冥天裂。好事忽随春梦短，名花输与秋娘折。绕国门、依旧是青山，金瓯缺。

在地作，舟和楫。为天做，喉和舌。把乾坤扭转，千秋不灭。万念已成东逝水，一竿独钓寒江雪。夜何其、独坐已三更，煤还爇。

柳梢青　除夕

一年容易，唯闻更鼓，口声流替。五度除宵，家园客子，断肠各自。

二老料知何似？误一片，倚门心事。天若有情，念侬孤苦，也应回睐。

满江红

朝暮蜉蝣，早一死一生抛掷。只衰老、重闱何罪，头丝雪白。人事变迁鸥梦幻，法庭裁判牛头逼。问阿谁、替换旧时颜，流年亟。

仗愚父，移山力。倚扁鹊，回痼疾。到头来还是，葫芦当日。浊酒从今嵇叔夜，死灰待溺韩安国。但诸君、侠义已千秋，铭胸臆。

万斯年曲

境渐艰难人渐瘦，伤心正是黄昏候。空廊周折百千回，从今后，红红豆，一片殷勤心莫够。

苏幕遮

过清明，还谷雨。杨柳丝丝，化作愁千缕。倚遍阑干天又暮。归梦悠悠，付与归鸿苦。

又莺啼，和燕语。试问阿谁，解道江南句。今日人仍当日处。只是韶光，暗暗偷将去。

南乡子　己酉闰花朝

终夜不曾眠，雨打梨花月似烟。一个花朝愁不了，偏偏，又把花朝逢闰年。

独自倚床前，何限心情锦瑟边。已是今生缠缚苦，千千，莫再相逢兜率天。

天仙子

庭院深深长日闭，独立东风何限意。一场春梦几时闲，花满地，苔痕细，闲怨闲愁空省记。

那更堪宵深雨坠，把一片芳心滴碎。苦侬消受此时情，人不寐，空流泪，孤影年年堪作对。

祝英台近

绿成荫，花易谢，渐渐入初夏。隔院鹦哥，悄向东皇骂。为何点翠缀红，到头时节，总一个、弄真成假。

日西下，可怜雨惨风凄，芳春再难借。凤鸟长囚，鹃咽到深夜。料知今日来年，埋愁何地，更肠断、不堪筹划。

桂枝香

芳春欲暮，正草长莺飞，落红如雨。千里江南一色，佳期又误。欢娱对此肠堪断，更何况、我愁无数。从今只恐，浮萍万点，漂流还苦。

浑不为、愁人少往。且登山临水，送将归去。灯灺酒阑，莫向无情天诉。场场这样轻离别，问良辰美景何趣。纵然梦里，相逢能够，也无凭据。

霜天晓角

月明风紧，只盼佳期近。如此恼人天气，便梦也何曾稳。

情丝抛不尽，腰围频瘦损。纵化无知铁石，还被磁针牵引。

桃源忆故人

梦魂飞上温柔岛，昨夜寒风陡峭。万里惊回难掉，此恨知多少。

别时何似欢时好，朝暮相偎相抱。行雨行云不了，此景休重道。

前　调

两情苦苦相萦绕，看一轮明月皎。又三五疏星小，惆怅忘天晓。

思量何处堪长老，化作双栖小鸟。寻个蓬莱仙岛，默向天神祷。

满江红　酬蜕庵见寄并呈今稀，用元韵

草露铜驼，再回首、已伤心极。剩禾黍、高低几处，人民非昔。信国慨时丁百六，鄂王悯乱行三十。听鸡鸣、风雨夜潇

潇，猜来日。

茫茫恨，何当涤。盈盈泪，空横臆。料功名富贵，更不相逼。水远山长谁是主，鸟啼花落春无迹。应同怜、诗酒了今生，衫儿碧。

桃源忆故人

安排身付温柔老，把事业功名了，把风景山河掉，做哑装聋妙。

阶前待种忘忧草，浊酒三升易倒，粗粝三餐易饱，似此收场好。

玉莲花　送春柬牧稀

玉莲女士者，牧稀之细君也。吴头楚尾，久感离居。牧稀朝暮抱其小照，思之不已，餐食为减。倚此调之。

蝶散蜂愁，已往事，休重道。芳凉千里花依草。鸟啼空树，待倚危栏眺，绿阴渐渐干云表。

凤去雌飞，为汝餐眠都少。河鱼天雁消息杳。但祝今后，恩爱能长保，何必暮乐朝欢好。

前调　柬牧稀已，书此自鞫

爱锁情枷，何物天公铸造。重重叠叠相围绕。一年好景，算愁多欢少，几时能够圈儿跳。

人寿无多，便等闲头白了。辜负香衾春不晓。无聊无赖，偏怨春归早，明日落红慵重(提)[扫?]。

满江红　再用前韵答今稀

雨打风吹，问桃梗、漂流何极。剩一缕、情魂不死，断肠今昔。别后书来常半寸，梢头月上刚初十。掷金钱、应替远游人，伤今日。

挽慧海，将愁涤。凭纤手，剖胸臆。奈寒云千里，韶华暗逼。红豆可怜劳梦想，青衫莫更寻痕迹。总百无聊赖对东风，蘼芜碧。

前调　叠韵答少棠

九转蜣螂，起烦恼、尘劳未极。笑世事、大都如是，抚今追昔。平子愁来诗咏四，牧之梦觉年刚十。尽劳君、屈指数归期，知何日。

莽山海，长涤涤。纫兰佩，猝丹臆。计别时容易，愁绪纷逼。马卵休提真与幻，兔丝莫定踪和迹。只年年、无恙可怜他，湘河碧。

蝶恋花　用前韵答哀蝉

似汝何堪长各散。多少交游，今日摧残半。陵谷山河频改换，风波算我曾经惯。

日暮途穷心意乱。一夜砧声，起向谁家岸。和雨和风敲不断，明朝细把容颜看。

贺新郎 次韵和蜕庵题红拂墓，与今稀同作

可有安身处？更谁何、千金市骏，草庐一顾。富贵功名堪弃置，难断情缘一缕。倘后日、重提杨素。红拂有灵应懊悔，惯荒唐朝暮行云雨。平添我，愁无数。

于今一律归黄土。待回头、风流尽歇，夕阳如故。纵有英雄能偶辨，对影山鸡自舞。已觉得、身移数主。地下香君如可起，合情航别向眉楼渡。询佛子，休嗔怒。

满江红 答今稀为题南幽百绝句之作

起视重围，也抵算、繁星拱极。尽诗句、乔生早咏，争传昔昔。杯底牢愁堪得石，眼中人望今难十。可奈何、佳节又端阳，归无日。

将无乃，垢难涤。莫须有，断凭臆。为尘根未净，药叉环逼。赎背题词谁授我，水中捉月浑无迹。劳夜来、花影拂清空，窗纱碧。

江城子

端阳日，牧稀、荩生、约真、钝子携酒肴聚饮于此，赋此志影。

瓠瓜留恋几星霜。渐颓唐，剧堪伤。岁月无情，空为少年忙。佳节良辰抛掷便，堪细数，又端阳。

不消回首故乡望。思茫茫，泪千行。故友还能，樽酒慰凄凉。便抵他年重会聚，提此景，定难忘。

摸鱼儿

送别牧稀，并柬荩生、钝子，用稼轩韵。

一天凄楚菖蒲雨，把行人送将去。故乡风味知何似，历历树云堪数。留不住，看一骑红尘，独自长亭路。也应自语。曾记得来时，杨花满径，化作沾泥絮。

难为我，事业功名尽误。词人还动天妒。张衡纵草归田赋，漫与人间陈诉。歌且舞，便竹马交情，大半成尘土。思量忒苦。好准备相逢，知他魂梦，今夜在何处。

长亭怨慢　落花

正啼彻、千山鹍鸩。绿染川原，红迷卷陌。风景当时，不堪重到，都更迭。芳华与汝，干甚事、恶作剧。眼见为吹开，又为一枝枝吹折。

凄绝，更随风荡漾，飞向城南城北。忒无情绪，忍轻与、旧游人别。枉负了、一片殷勤，曾几度、培根护叶。算换有，翠罗衫上，泪珠千叠。

大江东去　酬哀蝉题南幽百绝句之作

邹阳旧恨，仗湖风、六月吹成霜雪。想是空华迷目孔，万事于今休说。醉也堪怜，睡难成梦，梦也肠堪绝。销凝如此，数声分付啼鴂。

未老便觉先衰，黄粱顷刻，惊过沧桑节。不惜人间交绝尽，留个江南词客。昨日吟笺，写来佳句，有暗香凝结。南幽借重，料难轻与磨灭。

高阳台

庭院无风，闲花自落，凭他泪眼相看。今夜如何，柝声击到更阑。相思一寸凭谁寄，奈水遥、还更云山。待何时、重与温存，说尽艰难。

明知未了荷珠愿，任云翻天上，雨覆人间。旧事殷勤，不消重挂心端。思量百遍该如此，又偏偏、为损餐眠。算窗头、明月来临，还似从前。

贺新郎

白日沉江底。有绵绵、乱愁无数，被风吹起。万仞重墙遮不住，不合与愁同死。又不认、知愁何似。该早分离还更忍，想平生总为多情累。重会面，不消已。

当时便悟成追悔。到今番、海枯石烂，情离貌是。日与魂挑终冒昧，贫贱论交如此。到不如、相交还未。□□□□□□□，忍回思□□英华□。纨扇在，泪如洗。

应天长

天心墨墨长沉醉，万事从前都是悔。该今生，为情死，惆怅旧欢成隔世。

问何时，重聚会。欲待说他不是，又怕娇嗔惹起。月明人千里。

相见欢

年年地角天涯，各分飞。心事除非天外有天知。

长醉梦，频起视，夜何其。九死一生怎得个归时。

佳人醉

曾记北风同赋，历尽风波辛苦。傥中途乖弃，结成仇怨，有何名誉。些小一时嫌隙，愿大家付与，东流去。

奇愁难诉，想天时，也有明兼晦，何况侬和汝。好相与，炼将娲石，补上情天缺处。

忆少年

怜他泪点，爱他心情，思他心事。霎时尽尝遍，一般般滋味。

翠袖单衾俱是泪，通宵辗转不成寐。容光为谁减，问君能知未。

好事近

起视身前后，未省是人还鬼。奇愤几时泄得，又难收拾起。

思量唯有个中人，该糟蹋他耳。如果书来道怨，便说侬知罪。

琵琶仙

寂寞黄昏，有人正、独自伤离伤别。怎奈衣满啼痕，和衣也消灭。刚屡日、鱼沉雁断，万千事、欲和伊说。小院筝琵，荒城角鼓，都助悲咽。

待重觅、絮果兰因，总翻覆、场场堕奇劫。双鬓莫教频照，怕新来似雪。便寿命、河清得俟，却又知、在那时节。想见思妇楼中，金钱暗掷。

洞仙歌

碧天如水，有疏星三五。蟋蟀声声满窗户。渐炎威消歇，不似从前，甚心绪，却怕逢秋更苦。

夜凉慵独寐，守着空房，重订佳期又重误。对叠叠屏山，少日欢游，而今都是销魂处。谢玉漏，今宵少迟留，容我化文禽，梦中飞去。

前　调

恹恹病起，似听啼鹃语。斜日西沉洞庭树。甚秋风、只解吹雨吹霜，能解得，吹我归回家去？

沅江流日夜，后浪前波，一律雄心渐消与。等摸遍阑干，开遍林花，空惹起、忧务无数。问芳草离离满天涯，更何事孤怀，独凝故宇。

八六子

楚天低，四围凝望，乡关何处都迷。但一抹夕阳如画，遥遥数点秋山，衬湘水西。

蝉声又唱隋堤，怎奈余音凄苦，无端触动愁思。因想念、春阴乍晴天气，海裳初吐，牡丹开处，知他燕燕莺莺几许，花儿围定差池。料归迟，繁华万般那时。

貂裘换酒　呈某先生

四壁秋虫叹。向孤灯、重门静掩，听残更箭。百辈时交休说起，略略山移物换。便各自、兽离禽散。十事九场都一样，悔年来不着孤游论。差看破，世情半。

漫漫长夜何当旦。待安排、一丘黄土，埋头盖面。水复山穷谁料得，直道而今还见。纵万死、也都无怨。何况青蝇能作吊，只瞻韩未展平生愿。算此是，平生恨。

忆秦娥　伤别词（十首）

黑狱曼曼，见天无望。每忆旧游，生离死别，各成隔世。偶诵清真“沉思前事，似梦里，泪暗滴”之句，不觉有所触感，凄然达旦，泪如零雨。晓起，倚声成《伤别词》十阕，聊以写忧，非敢示外人也。八月初八午前十二时，仙甫自记。

伤离别，长亭短堠相连接。相连接，怜他今夜，断云残月。

此时此恨和谁说，角声吹变江城色。江城色，珠帘慵卷，晓寒侵骨。

伤离别，相思又值清秋节。清秋节，停辛伫苦，几番风月。

关河遍地凝霜雪，重重并入须毛白。须毛白，繁华是也，旧情衰歇。

伤离别，风烟漠漠关山隔。关山隔，去时容易，归时难说。

芝田暗老甄妃色，江花江草都更迭。都更迭，为君憔悴，年年月月。

伤离别，情愁付与流莺说。流莺说，六朝佳丽，桃根桃叶。

临歧握手空更叠，从今一纸书难达。书难达，去程凝望，芦花似雪。

伤离别，黄昏又挂梢头月。梢头月，知他千古，几回圆缺。

愁丝绾就同心结，凭风吹入空冥灭。空冥灭，哪堪回首，旧欢重说。

伤离别，星河欲转残灯灭。残灯灭，罗衾扪遍，冷魂凄绝。

千山万水难飞越，流光又是他时节。他时节，名花零乱，不堪攀折。

伤离别，塞鸿不度音书绝。音书绝，一腔心事，凭谁将说。

晨鸡处处都啼彻，疏星未落东方白。东方白，微风吹起，闲愁叠叠。

伤离别，黄莺打起愁难说。愁难说，萍飘蓬断，水遥天阔。

他乡千里蒹葭色，可怜三五盈盈月。盈盈月，独眠独宿，唾壶敲缺。

伤离别，西风卷地梧桐叶。梧桐叶，哀蛩啼露，孤鸿唳月。

居平只苦欢娱歇，沈腰潘鬓堪愁绝。堪愁绝，沉沉梦境，迹痕都灭。

伤离别，秋娘庭院天涯隔。天涯隔，暮蝉续断，夕阳明灭。

当时泪与星星血，重来处处棠梨发。棠梨发，从今岁岁，佳期虚设。

前调　后伤别词

余著《伤别词》成后，饮酒半斗，微有豪兴。因检近人词数卷，随手翻阅，或且朗诵，至徐女士《金缕曲》一阕，因词涉璇卿，不禁不能成声。夫璇卿与余不过一面之识，路人皆知，诚不审其何以伤心至此也。岂所谓兔死狐悲耶？因补成一阕，以媵其后。

伤离别，虹桥载酒当时节。当时节，徐娘虽老，豪游能说。

偏偏好事多磨折，一生一死交情绝。交情绝，江山如此，泪珠盈睫。

拜星月慢　题蔡哲夫绘石，为哀蝉作

片石峋嶙，谁教绘出，缺憾情天千载。百炼娲皇，想弥缝功大。料容易，巧被康回触裂，却又、后羿弯弓弄坏。依旧飞沉，在诸方三界。

叹残山剩水都淘汰，算他总阅尽沧桑态。多少雨打风吹，尚岿然长在。忆南山、没羽当时快。霸陵尉、只有侵陵耐。正待汝、越样珍存，补上苍旻再。

一斛珠

从君去也，亭皋木叶萧萧下。一时风景都狼藉。络纬秋啼，似诉不平者。

闭门且把浮宾谢，人面都真人意假。一杯浊酒消残夜。欲了公家，还受痴儿骂。

误佳期

今夜月明如画，一点乡心不下。解衣欲睡复迟回，拟把相思写。

分付与征鸿，又怕庭花谢。不如及早赋归来，万事休粘惹。

人月圆　中秋感赋

调元邸湘狱，阅中秋者三。今年为己酉也，啸樵师洎牧稀、式南、弼虞、荩生、钝子、虚竹诸君子，相约聚饮于此。年时师友不改旧观，此意已不克承仰，况复有加过。岂今日人面驴鸣之世所睎几哉！忆丁未，锡予、若中在焉。戊申□□在此，若中亦与焉。曾几何时，各一日月。俯仰今昔，歔欷三数。对月倚声，未知明年更何似也?

月明又被云遮住，空老桂华枝。想应天上，今宵未忍，还照孤凄。

几回欢聚，几番离散，剩惹追思。旧人赢得，晨星数点，犹是年时。

醉太平

风横雨狂，销魂断肠。夜阑无奈秋凉，又更长漏长。

颓垣破墙，来狼去羊。思量多少兴亡，付愁乡醉乡。

三台令

休矣，休矣，时事不消说起。醉生梦死风光，谁省湘亡路亡。亡路，亡路，丘墓安排何处？

罗敷媚

此身争比双飞燕，来是春深，去是秋深，犹自年年返故林。

悠悠天意无凭准，更漏沉沉，花信沉沉，问息寻消直到今。

河　传

今生怎了，奈天儿不黑，夜儿难晓。倦倚篷窗，万事暗伤怀抱。又微风，吹雨到。

家乡南望孤鸿杳。一片归情，诉与谁知道。魔障孽缘，总特地来缠绕。渐一庭，秋色老。

明月生南浦

寒气暗侵毛与骨。昨夜西风，落尽梧桐叶。料得此时情更切，从容便是重阳节。

围绕庭阶千百折。不恋单衾，苦恨余欢歇。万里梦回堪怨别，云山处处伤心色。

湿罗衣

惺惺最是惜惺惺，卿怜我我怜卿。月照孤踪，离别分明。

又鸳鸯梦不成。纵他生，历千万劫，为禽填海，此恨难平。

清平乐

听残更鼓，诉与谁知苦。惆怅横塘旧时路，唯有落红如雨。

年年地角天涯，茫茫后会难猜。晓起不堪临镜，鬓毛零乱千丝。

一剪梅　出狱日作

一瞬年华过眼忙。魂断王昌，肠断秋娘。世情都向苦中尝，更了星霜，换了炎凉。

多谢和风与旭阳。出也寻常，入也寻常。不消前境细思量，梦是甜乡，醉是仙乡。

以上《太一遗书之五·明夷词钞》，1915 年铅印本。

郑 泽

郑泽（1882—1920），字叔容，号萝庵，长沙人。民国年间曾任《长沙日报》主笔、湖南高等师范教授。

长亭怨

问湘水、年年呜咽。几曾流尽，人间悲切。楚客幽思，湘灵永恨，向谁说？凄风苦雨，已够了、愁时节。燕妒莺瞋，更添起、泪痕潮热。

孤洁，算愔愔小院，只有梅花如雪。情天何事，还只听、哀弦弹彻。便千种烦冤，任杜宇、兰宵啼血。恨翠幄重重，不抵屏山千叠。

一枝春 春城晴望

嫩碧湘天，正风剪、断却寒云根候。圆舒莺的，漫说风流如旧。痴儿呆女、十万户，仍嬉春昼。只而今，杨柳高楼，人比那回消瘦。

年时看花携酒。见巍巍雉堞、川原如绣。绮丛深处，消息究谁参透。东皇驻浅，翻应与、层阴暗逗。问何事、杏懒桃娇，春情先漏。

以上见《南社丛刻》第五集

蝶恋花　夜步街月

姮娥静悄浑无语。只有幽辉、照彻今和古。寄语玉颜千万驻，湖南山水清清处。

杏子楼头花外路。待欲徘徊，没个闲情绪。晦蚀阴晴增悔悟，凭君休诉离心苦。

谒金门　题醉庵小像

风吹堕，扰扰尘寰无那。幸是潇湘灵秀夥，麓山时入座。

不问名场丛脞，不问花间婀娜。磐石松风诗意可，中有幽人坐。

点绛唇　题画

隐隐东墙，翠烟红雨春光早。嫣然一笑，燕子时飞绕。

写入冰绡，却愿花长好。红襟鸟，为侬休道，只是窥人老。

海棠春　前题

怪他莲瓣无声腻。已付入、玉花笺背。脂满露房红，阴掩蘋波翠。

惊风飐雨人憔悴。今则是、亭亭无际。休作画图看，中有相思味。

江南好

阑干外，凄绝素娥魂。记得那时今夜里，娟娟来照隔花人，花底佩香温。

声声慢　残菊

霜烘艳采，月绘秋痕，依依寒夜篱落。漫拾残英，拼与愁心吞却。西风暗惊瘦影，怅无端、青黄漂泊。敛镜里，玉人簪上，孤怀深托。

记省风流陶令，是倦旅归来，订将香约。仿佛花灵，重被蝶欺花谑。冷冷露凉幽径，问谁知、情怀凄恶。君念否？早潘郎鬓影，为君愁着。

以上见《南社丛刻》第九集

瑶花慢　武昌七夕

银河万里，画桥仙子，相忆偏相见。人间今夜，还抱却、会少离多幽怨。针楼斜倚，早乞到、情丝纷乱。望洞庭、秋水连天，付与寸肠千转。

思量避暑骊山，曾誓语凭伊，心似金钿。谁知灵夕，竟只有，仙子年年欢宴。飘零似我，空怅望，天涯人远。更那堪，蓦地西风，还把流年偷换。

声声慢 秋柳

情丝罥雨，恨缕低烟，白门寥落时候。那便轻狂，早被西风吹瘦。年年晓窗压线，叹凄凉、今年还又。问何事，剩斜阳芳陌，玉尘依旧。

记省画楼春暖，是翡翠帘栊，娇莺穿就。的的声圆，空把佳期频数。萧娘黛眉暗锁，更谁知、衣宽金缕。追忆苦，怅秋风依约，露华凉透。

点绛唇

翠绿池塘，是依旧日销魂地。黛眉今际，换了山横翠。

便有琼缄，倩得谁人寄？西窗里，夜缸斜倚，写个相思字。

菩萨蛮

赤阑桥畔东风暖，玉花帘外冰蟾满。小病上心头，梦回蝴蝶愁。

丽谯钟忽起，倦把红衾理。杜宇又声声，明朝休踏青。

上西楼 述感

萱花谁道忘忧，试回眸。已是隔帘弹泪为伊愁。

春信好，东风早，上妆楼。拓起茜纱窗子再梳头。

真珠帘　梅花下作

小楼人立昏黄候。玉梅花，束了淡妆无数。不是去年枝，但花香如旧。寄语江城横笛客，莫暗地、凄音频奏。消瘦，问漾暖东风，可曾知否？

遥想院落愔愔，正静锁琼姿，十分寒透。春信未分明，且凭他回首。早又罗浮佳约误，还费我芳期重数。谁咎？定孤鹤无情，不教同守。

以上见《南社丛刻》第十集

相见欢　有见

红莲秋雨横塘，断人肠。又倚明妆一笑，殢崔郎。

银漏永，睡还醒，坐兰窗。书却鸳鸯两字，不成行。

虞美人

人生不住西风外，没计清愁改。篱边采就菊千头，也是淡黄深瘦不禁秋。

多情明月无情雨，一样伤离绪。玉纤频自闭朱帷，付与双双燕子唤春回。

忆故人 柬叔乾

槭槭萧萧，西风吹瘦妆台玉。兰房谁与听鸣琴，小度幽居曲。

怅向桃源远瞩，暗劳人、眉山双蹙。琼绡雁足，料可翩来，楚骚同读。

虞美人 闺情

东窗静锁轻纱绿，嫩弄湘陵竹。双鸾镜子照新妆，闲说玉颜明媚异横塘。

翠奁镇置多罗器，欲称争红意。沉沉莲幕闭多时，生怕西风吹断嫩胭脂。

采桑子 秋阴

秋阴又锁芙蓉幕，薄雾浓云，永昼氤氲，未到凄凉已断魂。

那回记得寻秋胜，霁宇澄新，芳气宜春，一阵兰香马上闻。

双双燕 秋燕

秋声四起，怅紫燕双双，芳踪无定。黄昏院宇，渐欲香巢香冷。盼到乱忙忙影，浑不管、个侬愁损。也如凤去秦楼，剩有月明人静。

回省，丽春三月，正舞袂翩翩，飞来藻井。呢喃夜话，似解怜愁怜病。谁识香恬梦稳，又被了、西风吹醒。去来海绿摇空，槛曲那堪频凭。

百字令

评诗读画，又匆匆过了，纪元佳节。一度东风无力甚，但把梅花吹白。画角声中，翠楼阴里，无计酬春色。云英未嫁，年华何事飘瞥。

堪叹呆女痴儿，春旗招展，镇日游芳陌。婵娟清冷惯，也自玉壶冰热。绣幂围香，琼筵中酒，背地闻凄切。东皇着意，欺人休再风雪。

以上见《南社丛刻》第十一集

秋波媚

夏城蒸郁，时憩荷池，浓花盛开，怃焉成慨。夫以藩溷之下，鲜空旷之气。行潦一勺，凉波不生。宛彼朱华，寄身其际。低茎弱蕊，清芬菀然，泥而不滓。吁！可歌矣！

红蕖袅袅绽淤池，倩影倩谁扶？羡他萍藻，寄身江渚，还逞丰姿。

寸心本自生来苦，高洁惜琼肌。丁宁语汝，尽教低湿，休染污泥。

菩萨蛮

壬子春仲，从事城中。淫潦兼旬，赏游靡暇。偶经前院，瞥见夭桃，短枝繁华，亭亭怒发。夫以明艳之质，居风雨之中，绽蕊无妨，嫣然自笑。入诸歌谱，亦纫兰搴芷意也。

风风雨雨长凄恶，花花叶叶相披薄。真是息夫人，无言言已频。

争春心事切，非欲夸颜色。奚用入仙源，芬芳自避喧。

以上见《南社丛刻》第十三集

谢秋娘

阑夜里，秋月静遥空。万籁翛然愁不寐，最应摇落怨秋风，心事碧绡宫。

双红豆　别情

吴山青，楚山青。青入江边长短亭，亭中酒不醒。
一程程，两程程。今日送君千里行，归来调玉笙。

浣溪沙　效《蕃锦集》集唐（六首）

深锁春光一院愁，此心曾与木兰舟，夕阳惟见水东流。

人世几回伤往事，烟花三月下扬州，阳陵佳地昔年游。

冰簟银床梦不成，杜鹃枝上月三更，夜深无语独含情。
羽骑参差花外转，楚腰纤细掌中轻，步虚犹作按歌声。

鹦鹉前头不敢言，分明怨恨曲中论，天涯去住泪沾巾。
蜡烛有心还惜别，梨花满地不开门，繁华事散逐香尘。

深院无人草树光，重帷深下莫愁堂，更教明月照流黄。
万井楼台宜绣画，一枝秾艳露凝香，寒轻夜浅绕回廊。

昨夜星辰昨夜风，月斜楼上五更钟，断无消息石榴红。
岭树重遮千里目，漏声遥在百花中，麝熏微度绣芙蓉。

不把双眉斗画长，小姑居处本无郎，芙蓉别殿漫焚香。
青草浪高三月渡，江流曲似九回肠，未妨惆怅是轻狂。

点绛唇　题淀香阁女史诗草

海外征奇，桃蕡荇洁无寻处。明珰翠羽，千古应愁予。
遮莫琴徽，小泛幽兰谱。芳情绪，锦囊吩咐，莫问人间世。

浣溪沙　荷花

绣出南塘六月春，露房红粉净轻尘，倩魂娇到洛川神。

解识红颜心最苦，谁知翠羽梦难真，盈盈一水正愁人。

又

社鼓声声起素秋，山村翻作冶春游，镜鸾开处玉波流。
生面那知原熟面，旧愁未了又新愁，绸缪还是昔年不？

卜算子

帘外东风瘦，帘内轻寒透。东风才与断轻寒，又绿窗前柳。
揽镜眉痕绉，掩袂春心旧。飞花摧醒梦儿红，背立飞花后。

长亭怨 赠朱益斋东归

更休问、十年前事，乞灵妖术，海氛弥烈。客里王郎，苍黄锋镝愁心结。关河纡阻，浑不见、长安月。京国重游，只赢得、腥羶宫阙。

凄绝，又洞庭波起，际此凋零时节。灵荃香草，总付与、行吟芳泽。看万里溟蒙，谁为叩、帝阍陈说。问仙子琼浆，几曾似、荒村井渫。

念奴娇

重重出戍，怅红楼，渺渺风风雨雨。字字珠珠珠泪寄，青鸟寻寻何处。细细宵长，惺惺梦短，隐隐春寒住。懊侬歌里，声声声最凄苦。

记否赋别江郎，绿波春水，已制销魂句。又是榴花红片片，没计将他分付。澧浦搴兰，沅湘遗芷，未肯聊容与。画梁双燕，喃喃频替人语。

绮罗香

豆蔻阴红，海棠魂倩，记得寻春前度。惆怅重来，换了仙源旧路。乍虚铎、蛛网萦愁，又隔院、莺簧奏苦。待崔郎、再驻征鞍，桃花零落竟如许。

人间多少梦幻，何况拈花镜里，最无凭据。团扇题诗，怎到秋风捐处。奈从前、饥食寒衣，尽付入、瘦云凄雨。计归来、悄炷炉香，为伊闲诉与。

又 新中秋

莲露澄红，柳烟摇碧，特地今年秋早。隐隐琼楼，遮莫嫦娥易老。尽夜阑、水阁儃徊，只天半，玉绳低绕。问如何、岁岁中秋，者回偏阏素光好。

从知人世幻景，讵意碧绡宫里，都无分晓。莫是仙妃，为怕良辰草草。且教兹、莹碧韬辉，漫付与、众星争耀。待汉家、古月重圆，把山河长照。

陌上花

素娥霜影瑶宫，万里夜来还睹。惆怅人间咫尺，都成凄阻。琼笺写尽诗裁尽，未了相思心苦。悄听来、杜宇声声，还要催他春去。

为问江南花信，扬州明月，何似楚天风雨。薜径深幽，已断青禽来处。桃花又付东流水，人事更疑凭据。愿万丝新柳，千重苏幕，再留春住。

以上见《南社丛刻》第十四集

误佳期　病里

病里恹恹无睡，领尽闲愁滋味。此身真已作啼鹃，有血濡尘腻。

两颊透猩红，漫说朱颜醉。催人扶病理残妆，拼洒胭脂泪。

菩萨蛮

萧斋卧病，凉雨鸣阶，独寐寤歌，乍惊秋早。索填此调，倘亦“蜀江秋雨诉琵琶”之意也。

凄凄夜雨人消瘦，恹恹半枕新凉透。又是一年秋，问君愁不愁。

流光随雨换，不管侬肠断。开镜看容颜，愿君休等闲。

又

湘楼住有伤春客，垂杨偏向楼边植。软翠一丝丝，可怜春雨时。

杜鹃声更急，悄背东风立。知我此时情，海棠花上铃。

青玉案

桂华凝露秋香冷，谁把花前人问？薄雾浓云凉意紧。湘楼寥寂，绮衾单怯，偏我恹恹病。

香烧心字成灰烬，院落闲蛩清夜永。好梦悠悠无定准。霜华浓处，烦君记取，休上潘郎鬓。

月华清　秋砧

月瘦宜怀，露浓防履，翠苔新破深径。拂向凉阴，暗觉玉纤寒凝。纵横塘莲藕花浓，料霜杵、鸳鸯惊醒。愁损。正孤怀寥寂，不堪回省。

曾记灯前并影。是碧海清澄，闲愁未领。谁解年来，瘦石声声凄哽。要征衣、不寄榆关，除虏骑、尽离葱岭。人静。忍凭砧怅望，翠河星耿。

陂塘柳　辛丑夏别叔乾重有所感

怅无端、画堂箫鼓，骊歌翻入新谱。千山一样浮岚影，荡作东西情绪。挥手处，况正值、参差吹断江南雨。莺期频误。想策骑归来，西窗午夜，剪烛共谁语。

人间事，多少桑沧尘土。欢场还复愁予。藤床待话关山梦，又把离尊斟与。君且伫，试极目、燕山风雨榆关雾。何堪自抚。约万里皇州，翠帆张起，鼓棹渡江去。

蝶恋花　春雨

炼石千年天未补。画阁春回，镇日廉纤雨。暗幌孤灯无意绪，缠绵似诉离情苦。

冷冷清清花外路。共说芳春，没见春芳处。无力东风吹不去，良辰草草愁边度。

秋波媚　黄州春雨

江云愁锁暮春天，啼眼断湘川。泪和雨注，魂随风转，一晌无眠。

蘼芜只把归程绿，归思有谁怜。伤春小杜，怀乡坡老，幽恨同传。

满江红　辛亥冬感议和事

素帜高悬，把大汉、天声扬起。看四处、云锋雷毂，驱除胡骑。天堑初回衣带水，秦中又拥金汤地。算依然、还我旧山河，霎时里。

南风竞，精神聚。余孽在，谁为厉？问何时尊酒、黄龙同醉。二百年间幽暗狱，八千子弟风云会。愿持将、茹雪饮冰身，消和议。

汉宫春　旧历壬子元旦

大汉开元，讵今年今日，仍是新年。何来酒温香热，粥嫩糕甜。东皇有意，算今时、旧恨才捐。偏派我、番番佳事，重来贺朔堂前。

说甚春迟春早，只东风着意，蝶笑花间[①]。依前楚江献岁，春景如烟。新欢漫数，记昨宵、尚卜金钱。应珍重、人间天上，青禽芳讯初传。

水龙吟　题亚子分湖旧隐图

生来名世江南，词襟净浣分湖水。高华余韵，芬菲遗泽，流连往岁。疏鬓今吾，垂髫故我，芳椒旧址。记蕙櫋荃壁，白

① “间”字处原为空格，据文义补。

云深处，曾领取，莼鲈味。

梦也真耶人世，莽平原、荆榛无际。旧情纡转，东风画里，绿波明媚。幸有菟裘，还滨东海，慰侬憔悴。问苏堤杨柳，丝丝絮絮，尚留人未？

以上见《南社丛刻》第十五集

满庭芳　寿刘子贞先生六十

绛雪霏春，翠霞明晚，还看鸾凤盈阶。嘉词延嘏，大董寿筵开。占领衡湘名胜，欣重袭、鸳诰华衣。算都是，莳花宝界，佳果灿缅缅。

回忆孝标前事，生涯寥落，辛苦谁知。幸金华衡命，石阁探微。历尽传经画荻，宏先绪、荠自荼来。灵椿影，青灯辉映，鸡宇隘天台。

见《南社丛刻》第十七集

菩萨蛮　桂花，示沧霞

小庭明净微飔拂，秋香缕缕侵帘入。茅径自留人，依然大隐沦。

闲看金粟影，长伴蟾辉静。冷露湿无声，夜来神共清。

长亭怨

正秋暮、丝丝寒雨。和泪沾衣，助成离绪。瘦体频偎，双肩悄立怨将去。情怀凄梗，浑未吐、伤心语。待欲不伤心，除休向、尘寰间住。

愁予，记鳞鸿千里，频被风波惊误。重重屈戌，已受尽、椒辛荼苦。讵方告、相思回避，又偏使、相思忽遽。怅芳信迢遥，盼到暮云江树。

声声慢　题仕女图

竹依寒露，柳待幽辉，徒怜生意如许。为问云英，能否芳华常驻？芸签粉痕污遍，是新咏玉台吟苦。秋宵里，只低回相像，费人量汝。

底事芳期才近，又倩影翩翻，惊鸿难住。旧梦迷离，赢得无聊情绪。何当画图千幅，便幻境、都成真宇。冰绡冷，奈真真频唤，横波无语。

以上见《南社丛刻》第二十二集

傅熊湘

傅熊湘（1882—1930），字君剑，一字文渠，号钝安，醴陵人。早年加入同盟会。1905 年与宁调元创办《洞庭波》杂志，鼓吹革命。民国后任《长沙日报》总编辑、沅江县长、省议员、省立中山图书馆馆长等职。曾主持编辑《南社丛刻》。其词散见于《钝安遗集》《南社丛刻》《南社湘集》等书刊。

踏莎行 题词，同里王复纪宣

芳孕兰荪，幽依桂树，美人天末同归路。一编金粉怨多情，逢秋似惜秋无语。

烟草晴川，明珠汉浦，高吟许逐邯郸步。素云黄鹤拥词仙，入室不数相如赋。

水龙吟 辛亥海上作

西风蓦地惊秋，天涯乍觉羁愁起。高楼一角，疏帘半卷，阑干倦倚。月堕江空，云垂海立，夜凉如水。算王粲登楼，悲秋宋玉，都未省、心中意。

极目长空万里，望乡关、白云无际。头颅大好，江山如此，人间何世。肯信元龙，飘零湖海，未除豪气。只情怀万种，年

来尽迸，作征衫泪。

忆江南　怀吴江柳亚庐弃疾

歌残月，闲忆柳屯田。磨剑十年成底事，匣中夜夜吼龙泉，想念转凄然。

忆仙姿　怀同县宁仙霞调元

楚水燕云长隔，相望不知南北。落月满屋梁，疑是照君颜色。将息将息，岁暮天寒风急。

醉太平　忆湘乡龚醉庵尔位

孝标绝交，扬雄解嘲。不堪人事萧条，只愁来酒浇。
沉雄比曹，幽闲似陶。三湘一派风骚，数龚生最豪。

南浦月　怀绩溪胡适之洪骍

相见何时，长言共保能终始。断鸿沉鲤，尺素书难寄。
剑气箫心，一例销磨矣。雕虫技，壮怀无俚，未改当年耳。

水调歌头　游虎丘

莽苍一帆去，游兴惬奇怀。生公石上高踞，说法讲台开。

休问当年霸业，剑气而今销歇，遗恨满蒿莱。顽石作人语，吾亦待君来。

平生愿，供布袜，与青鞋。林泉千古风月，终竟属吾侪。多少英雄儿女，一例山丘尘土，短碣共长埋。欲绊飞仙住，江月酹余杯。

虞美人

春花秋月寻常度，一例愁无数。朔风吹雪又漫天，可奈流光屈指便残年。

近来心事无人问，只是恹恹病。相逢知更在何时，可奈灵修迢递负佳期。

罗敷媚　洞庭归舟

浮生欲付湘灵管，几度征鞭，几度归船，湖上重来又几年。

曾经泽畔闻瑶瑟，湖水湖烟，空碧摇天，回首当初更可怜。

踏莎行　壬子又新秋

好月难圆，佳期易误，相逢只在堪悲处。学人眉样不成妆，窥帘笑煞东邻女。

斫断桂轮，推翻日驭，星球重造非前度。放开明月照河山，人间旧历从新注。感倭事作。

水调歌头 痴萍邀饮赋赠

且莫悲秋去，尝试踏歌来。眼前屈子余子，坛坫几骚才。都付大江东去，剩有青山无语，劫换六朝灰。楚泽尚今古，谁上问天台？

烹肥羜，沽美酒，酌金罍。浮云人世富贵，春梦一场回。未若登山临水，还与唱予和汝，笑口向人开。我语惟卿解，欢饮快吾杯。

蝶恋花

强欲悲秋秋已半。才过中秋，又约登高伴。病后此身愁易绊，年时佳节寻常换。

不分吟诗心意懒。待写闲情，怕是回肠断。晴雨近旬千百变，可怜天色人难管。

浣溪纱 次介甫韵

往事凄凉欲断魂，愁痕渐与草痕匀，可堪消遣奈何春。

飞燕双双能语客，落花点点正撩人，香车惆怅是前尘。

前调 癸丑辟地作

欲写离愁一万重，可堪流水自西东，三更疏雨五更风。

未办白头终有约，即抛红豆更何从，浮生踪迹似飘萍。

摸鱼儿 用稼轩韵赋别

对潇潇、一天秋雨，西风吹送人去。征鸿渐怯天涯远，满目乱山无数。留不住，早一骑、忽忽踏过长亭路。有谁共语？拚万种情丝，为伊起灭，无奈化飞絮。

相思意，忍被浮名尽误，多情应悔轻妒。春花秋月年年恨，付与暗镫凄诉。霜叶舞，还便恐、玉颜委弃随尘土。离怀正苦。休更惜清尊，月明又照，前度倚阑处。

踏莎行

江上听骚，篱边载酒，西风又值销魂候。园芜径冷不归来，黄花几度闲重九。

佳色盈头，暗香满袖，年时节物寻常有。却愁持向画中看，近来人比花还瘦。

菩萨蛮 途中偶兴（三首）

濛濛一雨黄畦足，村前碧树经霜绿。门掩小桥西，饥乌秋乱啼。

山如刀戟起，劈面惊还喜。幽径少人行，晓来闻虎声。

幽花小径东墙下，寒蛩时应婆娑舞。天意可怜秋，飘香生乱愁。

西风吹叶坠，便作重阴会。明日与登高，新霜初试螯。

毵毵一树河桥柳，记曾攀折劳纤手。秋意渐阑珊，应怜江上寒。

中田瓜篦簌，一带芜青绿。红豆长蛾眉，深闺秋所思。扁豆俗呼蛾眉豆。

卜算子 次雪耘韵

寒月转三更，渐觉蛩声静。砌竹摇风三两枝，描上纱窗影。

本自不成眠，梦断翻疑醒。一夜西风满地霜，作就离人冷。

点绛唇

翠歇红销，高楼尽日伤凝睇。云山无际，天远迷烟水。

屠狗无惊，谁识英雄意？成何计？宝刀空厉，掷向西风里。

灯影摇红 泪

今古同流，鲛宫此日应千串。未宜儿女独伤心，此恨凭谁见？宣室当年一面，便拼与青衫渍满。穷途日暮，祖帐风寒，悲秋莫辨。

携手河梁，归心望断风沙眼。斑骓遗恨老英雄，但惜深杯浅。莫上新亭望远，怕负却、纶巾羽扇。天涯何处，一身遥寄，怎禁凄怨。

临江仙　与雪耘联句

莽荡人间何处好，泪痕曾满征衣。酒阑灯灺倍依依。荡胸豪气尽，回首故人稀。

哀乐从知容易感，伤离吹逝都非。共君欢笑不须悲。星河看石霣，瀛海见桑肥。

水龙吟　乙未海上作

一番冷雨重阳，黄花憔悴秋容淡。才敲欲碎，将零似断，作成凄怨。雷碾飙风轮，霜喷机笛，寒夜相间。又海上吹梦，沧波阻信，天涯近，屏山远。

病骨经秋愁颤，甚心情、更萦欢恋。思量怎遣，今生纵隔，他生也愿。况有多情，钗盟深约，锦书长篆。待何时兰渚，移舟纫佩，结同心伴。

浣溪纱　半淞园即事

新柳齐抽欲蔽人，华年逝水不胜情，旧游回首总成尘。

浓绿凄迷如有恨，落红漂泊太无因，最难消遣是残春。

蝶恋花　（二首）

才有梅花春未及。九十韶光，莫道无多日。费尽东君闲气力，芳心待与殷勤觅。

玉骨纤纤应自惜。休倚风前，听彻楼头笛。遥夜孤山寒恻恻，断肠有个人忆。

纸帐低笼香乍透。占得春光，却恨开还后。但祝年年花似旧，不辞人与花同瘦。

金屋安排随处有。放尽南枝，羞伴东风柳。梦到小桥香满袖，暗香自下亲携手。

浣溪纱　题约真蕉窗忆昔图

欲展卷心不自持，一回枨触一相思，夜来风雨尔应知。

再世重逢空有愿，此恩待报更无期，小窗独坐忆年时。

徵招　录别

晓霜城郭笼轻雾，临歧黯然相送。刚道不相思，又离愁万种。玉骢难与控，便搏得、浮名何用。纵耐重逢，忍教轻掷，旧欢如梦。

肠断碧云深，玉人远、今宵峭寒谁共？杜宇忒忽忽，负相依情重。孤怀空自纵，怕回忆、换巢鸾凤。待商可、料理空山，与梅花同供。

点绛唇　途中所见

绕屋夭桃，此中好个田家住。乱红生树，一夜春如雨。

叱犊声初，农事忙如许。携筐去，夕阳西路，十五盈盈女。

菩萨蛮

憔悴可怜今夜月，明宵便照人离别。月也不教圆，应知人可怜。

相逢无一语，欲诉从何许。辜负好花时，鹃啼春未知。

前　调

海棠落尽春无主，东风早向江南去。绿叶渐成阴，黄鹂百啭深。

早知春欲暮，为倩东风去。且莫恋东风，芳菲不再逢。

贺新凉　越游次韵和挥孙

相见缘何后？最难忘、廿年书问，够相思否？自昔会稽佳山水，不负群贤诗酒。畅好是、霜林如绣。莽莽神州思禹迹。定洪涛驱得蛟龙走。空展拜，羞回首。

枉夸江左夷吾有。算几年、抛残血肉，陆沉如旧。呵壁问天天不语，拔剑撞翻玉斗。判猿鹤、山中为友。径欲题诗东西浙，便沧桑见惯良非偶。刚破戒，一杯酎。

扫花游 丁卯上巳抱冰堂看桃花，次纪宣韵

绮园换劫，对树远连天，草萋迷渚。浪淘自古。剩年时禊事，暗随流去。旧日桃花，付与谁家作主。漫凝伫，尽绿叶替枝，低黯无语。

人世如逝羽。一例沧桑，霎时歌舞。断肠信否，便玄都重到，怕迷门户。种就清愁，燕麦无情漫与。篆香炷，镇相思、独眠孤戍。

水龙吟 长江舟望感事寄纪宣夏□

楚江万里潮生，挟山倒海来无际。惊湍未定，横流不断，大波轩起。乌鹊宵飞，鱼龙夜泣，舳舻千里。叹狂飙风已矣，神犀安在？空短尽，英雄气。

休问人间何世，倦芳菲、一时兰芷。江城梅落，湘山树赭，旧情谁是？辜负春光，也无人惜，飘零满地。只天涯流浪，残红片片，渍伤心泪。

以上《钝安遗集·钝安词》，1932年长沙鸿飞印刷局铅印本。

清平乐

恹恹病起，又近灯初矣。遥夜月明天似水，咫尺银河千里。

明湖重话前游，藕花香里扁舟。一样山温水软，几时却向苏州。

生查子

池上柏青青，青见情人意。池里落红多，红渍情人泪。

有泪莫教垂，有愿终当遂。一纸万相思，郑重从君寄。

贺新郎

楼阁玲珑起。滞春人、一天幽梦，依稀还记。谙尽情场多少恨，博得销魂如此。便熨暖、鸳衾犹未。何日五湖踪迹遂，共鸱夷一棹烟波里。闲商略，归来计。

相怜岂合相思死。尽今生、芳菲同惜，凄凉同慰。草拔芝芙应有兆，仗汝精诚能至。早证取、人天密誓去。莫忘名山偕隐愿，纫秋兰好作同心佩。负汝者，有如水。

浣溪沙　（三首）

秋月春花总可怜，不成欢笑转凄然，奈何情绪别离天。

人比夭桃红半损，身如垂柳日三眠，去年憔悴到今年。

不信春魂到此消，相思减尽更无聊，等闲瘦损别来腰。
风泊鸾飘终有会，天荒地老一相要，蓬山何必便迢遥。

无分相随只自痴，愁来写尽断肠词，此情惟有两心知。
蜡照麝熏微暖夜，晓风残月独归时，几回欲语故迟迟。

忆江南　（二首）

深稽首，佛国浩无涯。千劫愿为同命鸟，诸天遍雨自由花，双证曼陀华。

深稽首，好自惜华年。蜡炬有心还化泪，杨花无力奈成绵，此意渺人天。

水龙吟　题潘兰史桃叶渡填词图，次邵次公韵

风流数遍南朝，秣陵好办移家住。也曾载酒，也曾访艳，未妨羁旅。双桨闲迎，一篙稳泛，可人情绪。只输君妙笔，当筵索句，有檀板，殷勤付。

乐府如闻但渡，暗消魂、几番延伫？钏臂禁寒，钗鬟坠月，玉箫低度。谁信无聊，不应有恨，新词倩作。问安仁此日，可能重到，赌旗亭女。

摊破浣溪沙　题汪子实龙华春醉图

十里夭桃夹道红，车如流水马如龙。为约看花人尽醉，小桥东。

归路尽宜歌缓缓，春光可惜去匆匆。说与汪伦肠断未，几相逢。

浣溪沙　题沈太侔楸阴感旧图

感旧伤离未有涯，一回枨触一吁嗟，今年愁看去年花。

过眼人天成小劫，赏心姚魏属谁家，零欢断梦记些些。

丑奴儿　题徐仲可纯飞馆填词图

人天万恨从何证，证取新词，幽绪谁知，纯想飞升月上时。

由来此事关元化，上薄风诗，旨托微词，正变旁通自得师。

减兰　题徐仲可纯飞馆填词图

徐陵未老，一卷填词犹自好。削楮殷勤，师说东南张一军。仲可为词人谭复堂献弟子。

飞卿邈矣，青兕吟魂呼不起。谁抗高吟，累我词场近日寻。

鹊踏枝 题钮西农亦有秋斋词抄，次王蕁农韵

妙悟而今能有几。参透香禅，一洗粗豪气。牙拍歌筵聊与寄，风流解似姜张未。

滴粉搓酥原小技。绮语都除，一片空明里。凉月满亭人独倚，当年词境凭谁记。

探芳信 次韵和丽湘

相携处，记蝶粉迎风，蜂黄带雨。对园林淡冶，情话从伊诉。留红亭畔春波绿，曾倩江郎赋。怎梦回、禁得魂消，可怜眉妩。

春也匆匆去。盼雁断衡阳，鱼沉歇浦。泊凤飘鸾，独自甚情绪。笛中休唱梅花落，愿我愁如故。问何时、重听霓裳换序。

摸鱼儿 题粹玉词次韵

数词场、平交百辈，声华刊落非易。红灯绿酒成虚负，郁郁此情谁寄。浑未已，看白浪、西来卷入沧波里。灵均故里。问泽畔行吟，江潭哀怨，寂寂几人似。

春如绣，有客相逢倦邸，靓然一卷幽对。千山孕绿鹃啼苦，正是落花时际。休掩涕，好制就、新声玉笛重吹起。小红漫倚。只一角西园，旧时明月，知我断肠意。

眼儿媚　忆梅，即题哲夫画册

几年花下证同心，兰佩纫当襟。而今已矣，一朝决绝，万古沉冥。

梅花只在人间住，旧梦渺难寻。画图仿佛，风鬟依约，香靥轻盈。

减兰　题玉尼写曲图为哲夫姬人月色作

珠喉一串，妙音天上华鬘见。绝技谁传，冷落檀槽有几年。

旧时月色，曾向梅边照吹笛。付与中郎，爨下焦桐着意藏。

菩萨蛮　（二首）

盈盈一水犹相隔，重湖水自连天碧。空托锦鳞书，相思知也无。

寻常朝暮见，应胜书如面。书里好怀多，见时无奈何。

连珠颗结同心实，当年曾伴乘槎客。槎上有支机，遥怜织女贻。

休言杯在手，愁绝难胜酒。不信酒消愁，思君天尽头。

浣溪沙

便了人间握手缘，也须痴待二三年，故应静对一嫣然。
相见朝朝如不见，欲言默默未成言，华鬘知是几重天。

以上辑自《南社湘集》

桃源忆故人　怀慧子

中年枉写牢愁赋，没个知音谁语。望断江南烟树，缥缈人何处。

天涯独自伤情绪，满目乱山无数。红叶莫随风舞，倩寄新诗去。

西江月　放言（十首）

放言十章，无闷己酉冬所作也。衰凤何待，寒蝉不鸣。婆娑木石之间，放浪形骸之外。绝圣弃智，仁义为老子所羞称；铺糟啜醨，醒醉混众人而莫返。庄周曼衍，宋玉悲凉，歌以咏怀，言非伤物。嗟嗟！步兵可作，空山应寄同声；叔夜能歌，一壑自忘忧患。辄复著录，聊用自娱云尔。

把笔写愁无限，及时行乐常稀。浮生只合醉如泥，时事不消说起。

海上仙山缥缈，眼中梦境离奇。白衣苍狗总堪疑，何物能令公喜。

座上东坡说鬼，佛前苏晋逃禅。有时兴到喜谈天，又作荒唐骀衍。

彭泽何须高隐，旌阳未必神仙。可人最是李青莲，终日酒杯愁浅。

一曲晓风残月，数声铁板铜琶。兴酣落笔走龙蛇，谁信曲高和寡。

世事水中捞月，人情雾里看花。浮生一半寄红牙，笑骂由他笑骂。

千古大江东去，辽天孤鹤归来。英雄竖子总蒿莱，算有青山犹在。

只合衔杯乐圣，不然绣佛长斋。此心入世已成灰，那管桑田沧海。

雁以失鸣见杀，木缘拥肿而天。周将才与不才间，而后而今知免。

老子犹龙远矣，仲尼若狗累然。潜龙无闷狗堪怜，尝得蒸豚一脔。

万树梅花绕屋，千头橘婢当山。一丘一壑任吾闲，休较谁长谁短。

蒲扇风堪却暑，糠皮火好消寒。柴门无事日常关，那识人间冷暖。

西子扁舟范蠡，赤松两屐张良。神龙潜尾利于藏，人世独来独往。

蹈海仲连无取，逾垣干木难量。羞他竖子说侯王，何似此公倜傥。

披发酒边高叫，昂头天外闲游。奇情一纵意难留，自笑吾狂依旧。

眼底东南云气，掌中西北神州。新亭泣涕请君收，消个夷吾终有。

倏忽早知地哑，灵均枉恨天聋。窍难开凿问难通，偏又会将人弄。

占谶告余以臆，岂惟大块梦梦。人间亦有物相同，释策谢之曰懂。

有酒莫辞频醉，白驹过隙匆匆。少年转瞬便成翁，真个浮生若梦。

开口笑时能几，劳吾形者无穷。盗丘膻舜可怜虫，不值达人一哄。

满江红　生日感赋（二首）

醉梦浮生，又过了、春秋廿六。从此去、茫茫来日，后期难足。晦朔易随朝菌改，羲和苦把征鞭促。只由他、年去更年来，相追逐。

梦化蝶，醒忘鹿。野获麟，隅止鹏。算何真非幻，何荣非辱。呼我任名牛与马，共谁争食鸡和鹜。觉当时、阮籍太猖狂，穷途哭。

黄菊花开，秋容淡、还添红叶。欢会少、故人难见，金罍易竭。莫使尊前人负酒，怕看镜里头成雪。更停杯、不饮待如何，空愁绝。

今生事，凭谁说。今生愿，无时歇。叹未甘速老，岂应偷活。碧化渐生身后感，错成料费人间铁。拼一襟、幽恨自凄凉，高歌阕。

江城子

己酉五月五日，与牧希、荩生、约真携酒饮太一狱中，太一赋词见示，次韵酬之。

南幽沉怨夏飞霜。梦荒唐，最堪伤。偏是愁时，岁月逐人忙。细柳新蒲饶节物，听叠鼓，闹端阳。

且图欢聚慰相望。意茫茫，酒行行。漫写填胸，万恨唱伊凉。此会此时今世少，人五个，愿无忘。

鹊踏枝

老我年华驱我苦。世事如棋，着着都成误。两字穷愁天付与，不堪持向人间诉。

谁是谁非难计取。春去花残，一例随尘土。料理扁舟湖上去，钓竿斜日蓑衣雨。

如梦令

见也匆匆如梦，别也匆匆如梦。来是梦中来，去是梦魂相送。如梦如梦，肠断魂销心痛。

罗敷媚

灵均天问无消息，纵有难凭，况是无灵，叫尽重阍未必应。
朔风苦助寒威虐，已过霜零，早又坚冰，只合长眠睡莫醒。

天仙子　送别

春欲归时春不语，零乱春愁何处诉。愿春莫听子规啼，春且住，春休去，肠断天涯芳草路。

罗敷媚　题钝剑听秋图（二首）

秋心夜上梧桐月，冷露凄然，虫语联绵，搁破西窗一枕眠。
词人老去心情懒，孤雁遥天，落叶哀蝉，一例悲秋只自怜。

一天秋色难描画，况是秋声，道是秋声，纵有欧阳赋不成。
西风碎撼芭蕉雨，此夜曾听，那忍重听，多恐宵声剑欲鸣。

又

夜深灯烬花犹落，月晕微阴，默坐沉沉，时听空阶蟋蟀吟。
闲愁闲恨都无着，漫抚瑶琴，没个知音，负却悲秋一片心。

点绛唇

小院冬残，映窗衰柳摇疏影。旧愁难定，新恨还相迸。
倦旅恹恹，霜色催寒暝。孤衾冷，夜长人病，未睡先妨醒。

浪淘沙

孤馆夜灯昏，静掩重门。残冬作客倍消魂。便说今宵寒透骨，谁与温存。

旧事不堪论，枉负新恩。年年芳草送王孙。别也寻常离也惯，梦也无痕。

忆王孙　怀朱少屏

鲁戈挥尽泪如麻，切切哀弦空自嗟，又近黄昏日易斜。忆朱家，惆怅江南天一涯。时新悼亡。

长相思 怀高钝剑

卿也痴，侬也痴。不是寻常惜别离，相思入骨时。
梦何之？意何之？四载逢君未有期，匆匆岁又移。

相见欢 怀陈蜕庵

壮怀欲问天公，恨无穷。萧瑟暮年词赋为愁工。
秋来聚，今何去，信难通。可是脚跟无线转如蓬。

宴西园 怀黄巽卿

曾记西园夜雨，曲曲心期闲絮。匹马走黄河，泪痕多。
侬亦风尘倦矣，郁郁安能居此。相约买青山，白云闲。

百尺楼 怀陈可毅

海上识元龙，一见情如故。赏我新诗爱我书，慰我天涯苦。
木落洞庭秋，门外风如虎。劳燕东西各自飞，无复知音遇。

罗敷媚 怀张丹斧

新知触眼春云过，苦念兰成，萧瑟平生，落魄江湖载酒行。
诗人老去莺莺在，谱尽闲情，恩怨都轻，赢得青楼薄幸名。

谒金门 怀黄梦蘧

留不得，满目凄凉行色。黑水白山何处极，为君心恻恻。

相望一村犹隔，忍说天南地北。门外垂杨春自碧，明朝愁与折。时将有满洲之行。

好事近 怀方旭芝

白眼看青天，消得古今愁否？富贵浮云闲过，任白衣苍狗。

不须就我课诗功，归去更谋妇。闻说秦嘉徐淑，是人间佳偶。时新与徐女士结婚。

桂枝香 中秋感怀，赋示觉子

曲阑微步，看皓魄凄凉，欲归还伫。望断遥空玉宇，琼楼何处？嫦娥肯任圆时误，只浮云、无端遮住。晚风吹乱，南飞乌鹊，纷纷绕树。

把酒问天天不语。更秋梦模糊，风凄月苦。三五良宵不似，旧时眉妩。云鬟解识相怜意，渺悠悠满天香雾。闲愁莫遣，举杯同醉，若歌侬舞。

喜迁莺 和钝剑移居留溪

飞来一纸，道移住留溪，遣怀赋此。秋雨潇潇，秋风淅淅，拼把愁肠惊喜。又作稚川移宅，漫说晏婴近市。心空净，境清闲，不怕阿侬羡死。

否否，任凭他，抱膝高吟，未必安便耳。红豆抛残，青山买得，翻怨今非昨是。肯使弯强压骏，付与黄冠草履。都休了，待归来且自，饮醇拥美。

扫花游 登阁

晚秋兴索，正鸳浦盟寒，鹭汀风起。俊游未已。奈登高极目，易伤人意。旧日阑干，独自何心更倚。望无际，又鹜逐霞落，天映秋水。

前事如梦里。费几度思量，几番憔悴。乱愁怎理？但珠帘画栋，暗消清泪。细数流年，后约空凭准拟。这情味，算归来、一时难记。

水调歌头 九月十一日邀蜕庵登麓山

朝起望天际，晴色荡微波。黄花应未开遍，九日昨才过。爱晚亭边枫叶，知有山灵为我，早放醉颜酡。转眼便秋老，不往待如何。

人间事，供一笑，总由他。一生当着，几两游屐过山坡。屈指旧交余几，只有青山长在，向我好情多。湖海元龙倦，试听楚狂歌。

高阳台　登长沙城作

瓜苦秋华，莲红夜落，能消几度清游。孤雁归迟，断云飞过南楼。当年词客伤怀地，到今时、一例悲秋。更凄凉、眺尽平芜，惹尽闲愁。

登临不忍重回首，但苔封古堞，草没荒丘。蚁斗蛮争，等闲付与东流。西风渐觉芳菲尽，只荻花、枫叶飕飕。倚斜阳、一片孤城，一片汀州。

点绛唇

去雁来鸿，书凭锦字无端的。后期难觅，新恨成堆积。

雨阻重阳，独坐添愁寂。何人笛，数声凄恻，和着寒鸣蟀。

清商怨

新来情意渐懒，怅玉人天远。已觉更长，如何偏梦短。

衾头谁信泪满，怪不似、旧时先暖。尽着寒侵，孤眠谁更管。

忆江南

闲情绪，默自思无端。心事万千都不是，别无人处泪栏干，风屧透春寒。

相见欢　次韵和钝剑

幽愁诉与谁同，小园中。耐得花开愁雨又愁风。

春虽去，教鹃语，莫匆匆。多少残英犹恋夕阳红。

浪淘沙　七十二鸳鸯词

七十二鸳鸯，对舞成行。金笼长锁困翱翔。双死双飞原有愿，不怨风狂。

旧梦总难忘，地老天荒。悲秋更比送春忙。惆怅黄花开烂漫，何处山冈。

罗敷媚　集定庵句

才人病后风情死，唳鹤吟鸾，试语还难，凤胫灯青香篆寒。

魂消心死都无法，如梦如烟，回首依然，空损秋闺一夜眠。

浣溪纱　山庄晚眺

远树微茫一剪平，夕阳斜衬断霞明，晚来天色界红青。

溪涨一痕浇菜雨，村喧十里打禾声，歇凉人爱坐瓜棚。

一痕沙

买得良田二顷，便合此间长隐。分半种桑麻，半栽花。

前面青山如画，时有白云来下。高处两三峰，是章龙。

卖花声 柳

烟外柳丝丝，雨困云痴。长亭秋老又多时。别后飘零谁更管？人隔相思。

风已不禁吹，腰弱难支。章台青袅一枝枝。曾是旧游攀折处，应惜芳菲。

又

窗外又晨鸡，曙色熹微。断肠人去隔天涯。瘦尽腰围销到骨，不够相思。

无计斩情丝，有恨谁知。泪痕洒上海棠枝。一寸春心红未死，化作胭脂。

金缕曲 海上赠少屏

一笑云萍遇。剧相怜、风尘满地，头颅如许。弹遍哀丝三百曲，流水落花春去。问天上、人间何处？结客朱家游侠子，肯平生拚为相思误。忍割断，闲情绪。

江山黯黯迷烟雾。怎禁他、浪淘潮卷，风凄雨苦。谁与挥戈回落日，只共夕阳迟暮。者残局、仗君支柱。我亦湖湘漂泊久，算年来剩有闲词赋。才易尽，忧难诉。

水龙吟　观爱俪园筹赈游览会

故乡无此湖山，登临信美非吾土。马龙车水，花娇柳弹，燕嗔莺妒。逐队寻香，呼朋选胜，风流如许。更鱼龙曼衍，筝琵错杂，天不夜，灯无数。

芳约寻常屡误，况相逢、秋风倦旅。大江南北，长鲸跋浪，哀鸿满路。援溺无功，疗饥乏术，解囊莫助。算冶游、还肯挥金，只此事、推纨裤。

人月圆　戏用坡句和谭介夫

旧时明月还相照，月也不胜寒。不知天上，琼楼玉宇，今夕何年。

乘风便好，翩然归去，同看婵娟。只愁人有，悲欢离合，自古难全。

蝶恋花　感事次利贞韵

好梦依稀留不住。午枕醒回，一晌愁无语。独自思量情更苦，为伊悔把年华误。

抛尽离肠千万绪。莫更相寻，重认分携处。清泪两行难寄与，化为一夜潇湘雨。

虞美人　次梦蘧韵

柔荑斜倚樱桃露，兰气微微吐。怨人还带泪痕啼，不道肖郎背地立多时。

前番薄幸应难究，今后郎知否？教郎去作白杨花，一任东西南北没人遮。

忆江南　叹逝（二首）

闲梦远，便去作清游。燕市悲歌人已远，斜阳西坠水东流，此意竟悠悠。

闲梦远，细雨落江天。鹃泣冬青空有恨，风飘榆荚不成钱，春尽草芊芊。

生查子　题秋夜听雨图

香泥小印红，旧识中郎号。读画又宵深，时见秋灯笑。

细雨落檐花，消得高歌浩。此意托声桐，未免知音少。

贺新凉

笑指天边月。曾照人、几回欢聚，几番离别。依旧清辉池亭满，望处凉生毛发。怎奈向、闲愁未歇。忆得去年相伴久，爱窥帘一点长孤洁。满地碎，铺香雪。

今年对月情怀切。怕匆匆、风狂雨横，易伤圆缺。谁解南飞乌鹊意，绕树悲鸣凄咽。早搅断、愁肠千结。行见盈盈三五夜，又桂华两地成虚设。尽此际，叹清绝。

浣溪沙

小步空庭夜色凉，迢迢银汉挂天长，儿童爱唱月光光。月光光，童歌也。

几点流萤飞野草，数声啼蟋出东墙，西风消息费思量。

蝶恋花

不道秋来人正苦。一夜西风，搅得愁如絮。寒蟀数声啼不住，更添几阵梧桐雨。

心事只今谁与诉？几度思量，没个安排处。爇罢水沉香一炷，篆烟斜袅相思字。

相见欢

幽闺月度东窗，掩兰釭。时听猩猩何事吠村庞。

愁难卧，相呼起，步回廊。可奈月华犹照影双双。

浣溪纱　别长沙诸友

欲写离愁一万重，可堪流水自西东，三更残雨五更风。
未办白头终有约，即抛红豆更何从，浮生踪迹似飘蓬。

如梦令

清景闲庭深夜，耿耿素娥欲下。移影渐窥帘，度了藤阴一架。堪诧堪诧，才放海棠又谢。

踏莎行

小阁当风，高楼听雨，秋来一夜愁无数。灯前辜负可怜宵，思量旧梦悲如许。

小有宾朋，略饶歌舞，百般影事从伊诉。等闲收拾少年心，明朝江上听鼙鼓。

采桑子　秋风，和痴萍韵

秋风无力吹侬起，病怯登楼，况是多愁，一夜相思天尽头。
欢悰别后那堪说，泪似泉流，心自人留，争遣今生死便休。

望江南　自妙高峰望麓山卓林墓

吟楚些，江畔与招魂。埋血只今应化碧，怀人依旧独停云，芳草上孤坟。

采桑子

秋风一夜摇霜碧，人在平林，目极高岑，远树重重万里心。

遥天雁字知何意，飞过遗音，欲问还沉，闲事闲愁恁不禁。

金缕曲　与痴萍饮后，强余填词，荡气回肠，聊以为笑

爱我无如酒。一月中、如斯欢笑，几曾开口。心上纵横多少事，不如意常十九。问人世、解忧可有？赢得杜康能一顾，拼千秋万岁从君寿。与君誓，长相守。

伤心莫漫眉头皱。且商量、淳于一石，汝阳三斗。不是刘伶徒颂德，还幸吾家有妇。便沉醉、归来时候。瓮里新醅堪共酌，算喃喃今夜凭他咒。撑白眼，看苍狗。

一剪梅　前词既成，复填此解

举杯莫道便消愁。酒涌心头，愁上眉头。人生能得几良俦？漫自悲秋，快把杯浮。

雪夜联吟记去秋。前度苏州，今度潭州。倚天还看小吴钩，修我戈矛，与子同仇。

水调歌头　小除夕僧寺写忧

百岁为吾待，三十等闲过。一年一度除夕，值甚悔蹉跎。只恐茫茫来日，长是有愁如织，白发误人多。努力鞭乌兔，寄语促羲和。

食无鱼，醉无酒，和无歌。无端忽被僧戒，皈命礼弥陀。空说吾家有妇，何自为谋斗酒，馋煞老东坡。休矣公无怒，且唱定风波。

西江月　（二首）

醒后还为蝴蝶，梦中化为鸳鸯。行云缥缈雨荒唐，何处楚王台上。

水自抽刀不断，情于隔面偏长。强忘终竟未能忘，安得相思可短。

妾似杨枝拂水，郎如柳絮随尘。枝枝青过奈何春，絮自飘飞无定。

死向郎心缝里，而今更不轻分。要郎肝膈为镌铭，甹把微生葬送。

菩萨蛮

春来不到高楼上，伤春人倚高楼望。春若肯相偎，高楼尽日开。

春来无意绪，春去增迟暮。等是不逢春，逢春更恼人。

十六字令　题石子粲君浮海槛检诗图（三首）

浮，十里平湖漾碧流。呼鸳侣，同上木兰舟。

梅，今夜孤山多好怀。偎郎语，香雪为谁开？

诗，卷里西湖梦见之。凭君画，浓淡总相宜。

满江红　八月五日联句（二首）

把酒持螯，问今夕、不知何夕。钝根陡增起、豪情万丈，悬天无壁。萝庵。会铸九洲成大错，醉庵。茫茫禹域稀人迹。钝根。看吴宫、一霎又成墟，青磷泣。痴萍。

共和国，方成立。满蒙事，还增亟。问天公扰扰，几时方毕？萝庵。转绿回黄时自有，弩张剑拔终奚益。钝根。笑青梅、煮酒论英雄，谁堪匹？栩园。

如此江山，天均。问今夜、作何消遣。钝根。剩几辈、美人名士，风流缱绻。萝庵。只道浮生原似梦，及时行乐天休管。痴萍。倚高楼、无语盼长空，情何限。栩园。

晴云影，遥空敛。青玉案，深杯浅。萝庵。负诗肠酒胆，舞衫歌扇。雨雨风风秋易老，翻翻覆覆愁难剪。钝根。尽慷慨、搔首各踟蹰，吟怀远。醉庵。

余体羸性懒，又不能饮。每遇朋辈使酒叫跳，辄趋避之。自识钝根，惊羡其才，而时慑其狂态。文酒唱和，盖鲜追随。然年来所为诗文词，被渠迫勒而成者，十居六七，亦文字中之异闻也。今夜三鼓，秋凉月明，痴萍具酒独酌，余与钝根适至其室。钝根见酒则大喜，隔室呼醉庵至，闭门约为联句。余避不及，窘甚。钝则急掣《满江红》词牌，首倡二句，余与痴萍醉庵遂亦更相唱和。有顷，栩园天均继至，益相与喧呶叫呼，不自知其不可。词中之稍可异者，则栩园得“笑青梅、煮酒论英雄”句后，方持笔作思，钝根则急至室西隅，写“谁堪匹”三字，谓痴萍曰：渠接句，必此三字，已而果然，乃共拍手大笑，以当一时佳话。噫！天方荐乱，我辈歌酣，人或疑为晋初恶习，实则无聊之余，作此以自解也。词无可阅，聊记一时梗概，兼以志余之与朋辈联句，此为始焉。元年八月五日三鼓，萝庵附识。

浣溪纱　（三首）

万感峥嵘到眼前，思量终夜不成眠，温柔乡是奈何天。
神女愿为三峡雨，鸱夷迟泛五湖船，一腔心事负当筵。

已是春光三月三，枝头正斗万红酣，困人天气滞微寒。
好梦但从醒后忆，奇花不称折来看，清愁惆怅是阑珊。

清慧还期庸福修，狂名至竟负温柔，愁城谁与度春秋？
已过陈思期洛水，还如杜牧在扬州，多情岂合此生休。

蝶恋花

偏是花开风又雨。一霎相逢，霎霎相思苦。覆去翻来千万绪，销魂那得魂如许。

花外漏声花底语。花底迷楼，花外来时路。路到尽头难觅处，多情悔被无情误！

浣溪纱　集唐

昨夜星辰昨夜风，月斜楼上五更钟，麝薰微度绣芙容。
岭树重遮千里目，辞根散作九秋蓬，断无消息石榴红。

水龙吟　题画，雨中春树万人家，十二年前吴石明笔也

雨中春树人家，画图省识荆关意。黄尘净洗，青山淡写，绿烟如幂。残冻犹凝，嫩晴乍间，养花天气。只高楼怕与，凭阑远望，人何在，情千里。

记省年时旧事，黯销魂、渭城春思。断桥疏柳，隔江残笛，

尽依憔悴。行雨踪迷，为霖愿渺，望霓情系。待何年重倩，东风吹汝，遍芳菲地。

满江红　题画，半江红树卖鲈鱼

十载江湖，已负却、垂纶初意。怎便得、浮家泛宅，苇芦丛里。雨笠烟蓑看浩渺，青山红树忘醒醉。漫随他、沧海阅风波，销豪气。

钓鳌愿，成虚拟。斩蛟志，空长誓。共兹泉雷泽，一齐收起。但使得鱼能易酒，不愁举网嗟无地。好从今、一叶架扁舟，恣云水。

水调歌头　题画，杨柳依依人访船

天末渺何许，江海思悠哉。垂杨又见春碧，归梦入奇怀。为问渡头老子，可借一帆风利，舟楫待君才。我是忘机侣，鸥鹭不须猜。

临河叹，乘桴意，逝川哀。栖栖丘为何事，沮溺尽吾侪。莫便中流击楫，且与赋诗横槊，慷慨尽余杯。相慰芦中客，宝剑未沉埋。

百字令　题画，偶逢樵者问山名

嵯峨壁立，是洪荒何世，撮尘造汝。名号不跻衡华列，混绝虚嚣盘古。拔地千寻，距天一尺，高纳群峰俯。披裘狂客，应能七二同数。

遥怜安石东山，风流裙屐，哀乐中年路。勉把新亭闲涕抑，莫办苍生霖雨。凿空迟通，触周稽伐，谁省愚公苦。黄冠归去，可怜丘壑无主。

浣溪纱　集定庵句（五首）

好梦如云不自由，是仙是幻是温柔，碧桃花底醉春游。
世事沧桑心事定，他生飘渺此生休，人间无地署无愁。

昙誓人天度有情，风花未免态纵横，羽陵安稳贮云英。
别有狂言谢时望，更何方法遣今生，美人规劝听分明。

尘劫成尘感不销，神魂十丈为飘摇，珠帘揭处佩环摇。
一寸春心红到死，四厢花影怒于潮，万千哀乐集今朝。

冉冉修名独怆神，少年哀乐过于人，谁疑臣朔是星辰？
客气渐多真气少，词人零落酒人贫，空山徙倚倦游身。

负尽狂名十五年，梦回清泪一潸然，金缸花烬月如烟。
烈士暮年宜学道，才人老去例逃禅，著书何似观心贤。

满江红　采崖出狱，赋赠（二首）

天外飞来，莫须有、千秋恨事。却不道、臣门如市，臣心如水。贝锦谮人伤已甚，蛾眉众女翻成妒。剧无情、铁锁自锒铛，囹圄苦。

三光在，同昭顾。人心在，非全死。有杜根义侠，李膺驰赴。李若淮为启救于汉口镇守使杜鸿宾，卒以其力得解。终使覆盆能照日，不教冤狱嗟无雨。叹世衰、犹及见斯人，为君舞。

斯世何心，但息息、尘埃野马。更莫辨、功名事业，谁真谁假。岂若洁身同避世，丘何为是栖栖者？似长沮、桀溺耦而耕，吾师也。

商出处，红裙诧。论成败，青衿骂。尽闭门息影，百般都罢。只合浮生拼一醉，任他白眼相高下。笑嫁衣、终日为人忙，君休惹。

浣溪纱

又近西风瑟瑟秋，青桐一叶坠当楼，冷清清地使人愁。

孤馆梦醒寒蟀转，空阶闲伫湿萤流，何方消遣怅清游。

蝶恋花　七夕（三首）

银汉迢迢横不渡。盼到佳期，却被罡风误。第一难禁天上苦，人间那得愁如许。

便够相逢时已遽。未了新欢，又听天街鼓。修到神仙原独处，不如小谪携家住。

楼上玉人楼下路。淡月迷离，记得相逢处。诉尽衷肠千万绪，此情更比针难度。

女北牛南嗟间阻。一水盈盈，脉脉都无语。解道填桥乌鹊苦，多情忍便成轻妒。

镇日相望侬与汝。一度相逢，一岁相思苦。离恨几多凭记取，倩他万岁千秋补。

旧恨飘零随玉露。新恨漫天，黯黯迷烟雾。今夕何年君细数，尽头数到从头去。

又　集词

二月江南山水路。吕岩。整整韶华，辛弃疾。雅称嬉游去。柳永。终是疏狂留不住，孙光宪。啼红止恨清明雨。赵令畤。

泪眼问花花不语。欧阳修。独折残枝，冯延巳。问解相思否？张先。春梦觉来无觅处，毛滂。杜鹃声里斜阳暮。秦观。

念奴娇　送梦蘧北游

轻阴催暝，怅满天清露，故人临别。明月照人如有恨，况近中秋时节。几度徘徊，几番延伫，忽忽参辰没。朋游星散，文园诗酒消歇。

回念郁郁劳生，客中强半，销尽轮蹄铁。又觅狗屠燕市去，苦恋关山风雪。辽海波寒，塞尘春暖，应念归鞍发。倘逢相问，道依依旧犹活。

疏影　题高天梅红楼梦影图

醉春未醒，记朱楼几夜，月高人静。熨玉初温，半展眉峰，依约轻颦不定。角珠艳照芙蓉暖，细认取、晚妆凝靓。费深深、贴意温存，刚透相思一寸。

春梦如今怕省，绮情都忏后，欢意留影。十二阑干，三五佳期，消煞短吟孤哽。疏帘莫放红灯过，又仿佛、茜纱重认。只江郎、老去填词，画里旧颜愁损。

浣溪纱　（二首）

夜起空阶见月明，星稀河淡净无云，天香桂子落纷纷。
因念潭州如雪夜，西风一霎暗尘惊，旧游回首不胜情。

乍透新凉枕簟秋，淡烟笼月上高楼，水晶低搁玉搔头。
六曲阑干风细细，两年前事梦悠悠，姮娥还照昔人愁。

减字木兰花

旧游俊处，长记玉梅花下住。曲曲青山，相对门前水一弯。
而今不似，青断山头流断水。稍觉秋佳，开遍篱边木槿花。

水龙吟 嵭山四景词

章壁撑晴：云山佳丽，风日清和，琳宫贝阙，见神仙之居焉。《明统志》引第四十四福地，章龙山即此。

晓暾初上青苍，故山葱郁多佳气。雄区坐镇，揽吴吞楚，下临无际。乍敛烟霏，豁呈神秀，一轮高寄。向真仙住处，旧游曾到，天不漏，春如荠。

名胜居然福地，莽龙蛇、联娟千里。山南山北，吾庐宛在，夕阳明媚。古寺穿云，疏钟间月，别饶清思。问鲁戈在否，倩谁更与，缓羲和辔。

高阳台

嵭冈带雨：石气朝隮，近山宜雨，浅红深翠，固妙在有无明灭中也。嵭音崩，字见玉篇，盖名山者取其旁溥。

草脚泥肥，梢头绿嫩，淡妆宜抹轻烟。屏障天开，一冈迤近门前。年时笠屐寻常过，乍几番、新沐堪怜。洗春酲、万树飞花，一晌啼鹃。

苍松翠竹浑无恙，便溪山归去，不碍龙眠。霖雨苍生，输他哀乐中年。行云莫向高唐驻，已飞埃、雾遍长天。漫消凝、故宇春深，渐长芳荃。

瑞鹤仙

岱松横翠：长松数十，大逾十围，掩映平畴间，弥望老苍，如挂素壁，故山乔木也。其地曰岱子山，先人丘墓所在。

四山沉绀碧，剩一带、郊原水田萦白。斜阳弄寒色，映髯龙葱蒨，翠屏凝立。凌霜旧质，更新长、青条几尺？记曾听、万马归来，吹彻一枝风笛。

堪忆，徂徕移种，岱亩敷荣，几成今昔。枝柯自惜，苍烟淡裊晴日。料千年、相待云深鹤老，已是多时化珀。尽人间、万木凋零，岁寒未识。

大江东去

藤塔摇青：塔砌石为之，蔓藤缘壁，天衣无缝，风动若万鳞涌波，穷极幽诡。在嵭冈之阳，与岱松相望，盖数百年物。

撑空何物，竦苍苍翠翠，凌波欲渡。过客低徊迷望眼，解道非花非树。疑是孤山，不然笋峤，或者将军虎。天寒风急，牵萝翠袖谁补。

相逢飘絮春残，落枫秋晚，岁晏还愁予。蓦地生天鳞甲动，走壁龙蛇飞舞。闲御青鸾，笑招黄鹤，我欲乘风去。庄严一片，可怜阅尽今古。

水龙吟 题张挥孙闷寻鹦馆填词图

凭谁说与闲愁，闷来唯有寻鹦鹉。天涯几度，鸾飘凤泊，无人解语。剩汝多情，为侬写照，一般毛羽。问今朝诵过，心经几遍，好教就，新词谱。

休问洲边作赋，便聪明、一生都误。风亭月榭，回廊曲槛，尽消佳句。我亦阑珊，似人不见，曼声歌苦。待何时却把，相思细写，付金笼诉。

踏莎行 题幻庵日本双照

似水流年，如花美眷，玳梁拟得双栖燕。百无聊赖是西风，吹侬吹汝轻分面。

万里间关，千重缱绻，海天携手成佳愿。留将此意付图中，鸳鸯今后休飞散。

点绛唇 为王祝明题画

净植亭亭，素心不受污泥染。薰风池馆，时放清香远。

写入图中，留得真真面。花如愿，金飙一剪，莫使朱颜变。

百尺楼 题画

懒上望夫山，羞作将军虎。见说东南有缺天，留待娲皇补。

香草自多情，空谷相延伫。汝已无方可着根，伴我云根住。

沁园春

水冷芦枯，山空木落，秋气悲哉！况文园凋敝，相如卧病；江关萧瑟，庾信生哀。岁在蝉焉，日斜庚子，异物何来鹏可猜。君休矣，便不祥似我，肯纴人怀。

平生百计都乖，算料理愁肠剩酒杯。但幕天席地，醉凭卿去；藉糟枕曲，死便吾埋。石火飞空，白驹过隙，几度能逢笑口开。人间事，任虚舟飘瓦，一日千回。

蝶恋花

浮生万恨无堪遣。寻个花枝，且作芳菲饯。一度见伊心一展，思量能几回相见。

便到分离情更远。芳草天涯，叠就相思片。今夜月明何处院，东风吹断飞鸢线。

点绛唇

笑指黄花，两年前事君应记。天涯此意，留对花垂泪。

似水流年，流去真容易。相思味，嘱君休试，怕短英雄气。

临江仙

记得当年明月夜，送君归去花阴。深街悄悄漏沉沉。多情携手处，说尽两知心。

此后逢君何处所，不期相遇而今。断笳残角又疏砧。思量今后事，别梦更难禁。

念奴娇　为蔡哲夫题魏李映超等造像残拓

烟霞洞口，正摩挲残石，又逢焦尾。一队红泥香印小，细辨婵娟名字。几度沧桑，几经劫火，英气留碑史。蔫然一笑，似渠粲者谁是。

薌莒西子湖边，太真娇绝，慧悟令公喜。金粉六朝余古艳，分付美人名士。波磔凝烟，须眉映月，照眼清如水。麝煤渍处，他年重认题记。

哲夫自记云：是拓为会稽李是庵因、海盐俞滋兰光蕙、南海吴小荷尚憙三名媛旧藏。乙卯七月，与携李陆四娘贵真等烟霞洞访碑归，过碑肆，贵真为之搜得。又云：李为海宁葛无奇征奇室，号龛山女史，俞为金坛于敏中慎室，吴为南海吴荷屋荣光女，皆工绘事。按此石刻李映超等四十人像，间以题名，于北书中颇为遒劲，缺处有是庵滋兰小荷印章。哲夫自广州寄示，属为题记，并赋此解归之。贵真，杭伎也。

南乡子

风雨近重阳，未到登高已断肠。过尽重阳还不住，淋浪，一夜檐声彻枕旁。

灯影砑微光，香冷金猊秋漏长。覆去翻来千万绪，难忘，梦太惺忪醒太狂。

浣溪纱

冷雨凄风静掩门，天涯何处问伊人，等闲辜负可怜春。

烟柳绿萦游子梦，落花红碾别轮痕，寻思无计又黄昏。

采桑子

西风吹断相思泪，天末孤蓬，塞上归鸿，极望伤心处处同。

和他梦也无由见，衾透寒风，夜永霜钟，并入愁肠百感中。

转应曲　（二首）

朝暮，朝暮，苦把佳期虚度。知他解忆依无，书去难缄泪珠。珠泪，珠泪，肠断别来情事。

人瘦，人瘦，不道消愁有酒。耽愁尽日昏昏，为怯西风闭门。门闭，门闭，难遣此时情泪。

点绛唇

一叶飞红，凭他写就相思句。天涯几树，摇落随风雨。

倚尽高楼，不见人归处。斜阳暮，安排笺楮，分付征鸿去。

虞美人

良缘倘觊天排定，医可心头病。一春无信又深秋，才去心头依旧锁眉头。

银河斜挂秋星小，云带轻风袅。晚寒还与警宵眠，往事思量有泪泻如泉。

醉花阴

过尽斜阳天欲暮，风紧摇山树。黄菊可怜秋，独抱幽芳，未省霜枝苦。

重来莫问消魂处，早被前番误。苦恨夜来风，吹雨吹寒，不解吹愁去。

双红豆

情一丝，恨一丝。和梦和烟化柳枝，春魂消尽时。

人声嘶，马声嘶。此别孤身那得支，分愁寄与谁。

忆萝月

月圆能几，蚀与虾蟆矣。空说聚灰能止水，又被黑龙掀起。

繁霜白尽芦花，朔风吹彻胡笳。除是天荒地老，不然此恨无涯。雪词云：年光剩几，又是初冬矣。已分妾心同井水，争奈风波频起。其言甚痛，余不录。

菩萨蛮

不分吾行成踽踽，秋风独向空山语。山鬼目横波，山中萝薜多。

湿云飞不断，细雨延秋半。三尺枉横腰，恩仇销未销？

临江仙

雪词谓其妇劝勿作诗，会吾妇亦劝余止酒，因并及之以为笑。

以酒为名原不恶，不然生我奚为？任他题遍绿窗诗。辛词“起向绿窗高处看，题遍，刘伶原自有贤妻”。颓然五斗，醉去但佯痴。

君自吟诗吾饮酒，妇言切莫闻知。更防白发上青丝。苦吟痛饮，今后不须辞。

乙卯十月约真以其犹子雪耘所寄词见示，雨窗展诵，觉其言之哀切，殊足引我伤心者。既喜雪耘之孟晋，复悼我生之不辰。挑灯倚醉，走笔和之。历二小时而卷毕，更捷于梦蘧之一夕十阕，赌我万钱也。附题雪耘词后二绝句云：常觉中年有哀乐，如今哀乐未中年。愿君少抑伤心泪，且箸消摇莫问天。　　彻悟本来无我相，人间何物是吾身。十方尽有庄严土，着个东西南北人。虽然能者不言，言者不能，吾固言之矣，雪耘其有以语我来。钝根自记。

摊破浣溪纱　用李中主韵和雪耘（二首）

露似珍珠月似钩，有人徙倚最高楼。望断天涯何处是，路悠悠。

晓雨催寒轻破梦，朔风吹霰苦添愁。万种心怀抛掷尽，付东流。

落叶西风夕照残，金商飒飒起林间。多恐明朝便摧折，不堪看。

萧瑟平芜千里共，凄凉秋影一天寒。谁省此情无奈处，泪阑干。

误佳期　闲情，用旧韵和雪耘（三首）

记得临岐款语，珍重长途风雨。洲边草绿好归来，莫更题鹦鹉。

和泪检征衣，纤手殷勤补。夜来鸳瓦上新霜，指冷琼箫谱。

闲共檀郎笑语，倘沐莲邦花雨。便当修到再生缘，不作笼中鹉。

愿化燕双飞，旧屋衔泥补。春来秋去总随君，休唱离鸾谱。

悄倚金闺无语，帘外落花如雨。三春过尽绿阴浓，开到红鹦鹉。刺桐花名。

长是误佳期，误却如何补？相思待寄与君知，写入新词谱。

采桑子　次韵和雪耘

生来只惯伤离别，东鲽西鹣，相望相怜，悔向人天种业缘。

几时盼得天边月，共我都圆，长照鸳眠，便胜同生兜率天。

虞美人

目成怎得狂如许，风蝶随花舞。万人丛里一回眸，消受人间此福胜封侯。

销魂到此浑无计，孤馆春寒闭。盈盈一水隔当门，望断春山春树又黄昏。

相见欢　次韵和绍禹（二首）

夭桃褪尽春红，去匆匆。底事吹开吹落任东风。

空垂泪，无由醉，恨重重。长是飘零南北与西东。

月明十二层楼，卷帘钩。凄绝寥天归雁一声秋。

恼不断，思逾乱，滞人愁。知待何时重唱大刀头。

浣溪沙 和蕈农五月八日作（二首）

往事伤怀不忍提，新愁又压小眉低，年年此日倍凄迷。
妾意乍防风皱水，郎心其奈絮沾泥，窥墙别有梦亲携。

半面新妆映玉台，旧时温峤不须媒，东风隐约踏青来。
倾国倾城原自好，胡天胡帝镇相猜，等闲莺语费低徊。

又

栩园于临武得赵明诚《金石考》，贻书来告，并道李易安跋语；会余从蔡哲夫得赵李夫妇归来堂校碑砚拓，因以移赠，并题一词。

人比黄花瘦几多，面风帘幕奈愁何，归来重与画双蛾。
古砚千年留瑑刻，断碑几度共摩挲，因缘流转可怜它。

满江红 海上同痴萍阿琴作

又是春归，浑不管、江南羁客。更一夜、东风扫径，落红无迹。斜日帘栊天欲莫，小楼灯火人初息。怅旅愁、乡梦雨茫茫，难抛掷。

刘伶钟，阮咸屐。祢衡鼓，王猛虱。叹年来湖海，壮怀都寂。世事无常黄转绿，流光易老朱成碧。暗销凝、拔剑倚长空，情何极。

菩萨蛮

东风吹絮无寻处，等闲又挂江南树。飞絮自年年，高楼人未还。

欲呼飞絮语，莫倩风吹去。吹去可怜伊，飘零无尽期。

长相思

花一丛，竹一丛。柳外斜阳映翠红，人家图画中。

绮楼东，曲槛通。一笑无言意自浓，风吹云鬓松。

以上辑自《南社丛刻》

袁思古

袁思古（1882—1942），字潜修，号美子，湘潭人。曾任浙江德清县知事。有《学圃老人词稿》。

过涧歇　次巽兄湘北捷后见慰之韵

此际，对春陵、隔断渺霭烟云，只把音书频递。休语弟，久困穷乡僻壤，无物为君寄。诉不尽，别梦诗怀见吾意。

更苦风尘憔悴，殊难问生计。万方多难，栖迟又何地。纵有田园，摇落逢秋，一时凄绝，两袖复染相思泪。

江城梅花引　次巽兄中秋对月忆杭州韵

吴山立马瞰沧洲。左江流，右湖流。海上潮来，摇动一天秋。如此江山无限好，忍抛却，到于今、生客愁。

客愁客愁，为谁愁？别杭州，恋杭州。五载浩劫，一瞬过、如梦悠悠。未必升平，歌舞此生休。佳节忆君千里隔，同望月，想团圆，独倚楼。

风蝶令 次巽兄芙蓉韵

色夺三春蕣，根依百尺桐。幽馨移自锦城东，醉煞一江秋水夕阳红。

冷笑霜前粲，柔啼雨后逢。休将迟暮怨秋容，毕竟芳情偏不嫁东风。

前调 自遣

故里知音断，空余爨下桐。飘零何必怨湘东，自是老来吟目犯尘红。

往事休重话，生时已不逢。蔬菘一饱竟难容，可见今人无复古人风。

虞美人 次巽兄寄曼叔桂林韵

云横五岭知何处，怅望同舟侣。南来雁字雨中过，写到相思天上泪痕多。

频年寇警愁烽火，万劫犹留我。终堪击楫渡中流，漫向新亭垂涕对神州。

前调 寄巽兄道州

莺啼柳浪寻诗处，记共呼俦侣。匆匆弹指六年过，不料还乡仍是别离多。

仓皇枉纵长沙火，远去君抛我。孤灯夜雨泪双流，认取襟痕残酒旧杭州。

一剪梅 寄巽兄道州

一段风波一段愁，曾送扁舟，记在残秋。浮家泛泛等闲鸥，到处飘流，到处悠游。

萍梗三年寄道州，粱稻难谋，强作勾留。吟怀应挂寇公楼，家也多忧，国也多忧。

捣练子 夕阳归鸟

归鸟急，自呼名，几树寒巢向晚争。鸟意不知人意恼，啾啾时送两三声。

东风第一枝 忆杭州，用张翥忆梅韵

鹫岭春遥，莺堤水满，甚时得践归约？故居三径犹存，种树记联棣萼。情迁境异，念往事、浮光飞掠。最可惜、琴剑飘零，竟遣化随猿鹤。

湖上醉、旧襟酒薄。江上宿、画船潮落。探梅曾入灵峰，路绕翠微殿角。前尘若梦，似散掷、金飘风箔。待净扫、越岸妖氛，重上柳阴楼阁。

临江仙　梦赴道州

寒夜鸡声孤枕畔，梦魂遥度春陵。万山凝紫一江清。兵尘飞不到，歌舞尚升平。

自幸依栖陪笑语，久离聊慰亲情。觉来方恨事无凭。此身疑蝶化，明灭剩残灯。

水仙子　兵后，用徐再思韵

年来不尽愁思，诗亦愁思，酒亦愁思。风雨飘摇，田园寥落，万缕棼丝。

身在鼓鼙烽火里，叹惶惶、吾道何之？恐怖多时，生不逢时。老更哀时，却悔当时。

沉醉东风　寒夜，用无名氏韵

更声起，悠悠隔墙。月华明，渐渐窥床。扇泥炉，拨马通，煎瓦釜，生鱼眼，者一向习以为常。枕上南柯梦杳茫，不解着何因费想。

喜春来　得巽兄书

书来深喜知君健，烽急频烦替我愁。家山苦忆五云楼。吟兴好，感慨莫悲秋。

清平乐 感事，用后主韵

百年过半，自分沟中断。荏苒风尘随世乱，只要一瓯常满。

本来天道难凭，敢怨人事无成？家国已非前比，于今莫问苍生。

采桑子 湘水舟中作

湘江东去烟波静，挂席长空，雨岸霜枫，一角斜阳闹晚红。

频年飘泊知何似，天际哀鸿，历历惊弓，万里云罗一梦中。

谢新恩 归五云峰故居

闲阶寂寞苔痕透，蓬门虽设常关。吟筇倚听水潺潺。此身无恙，仍寄五云山。

风情老大今何有，归来白发皆新。幽吟闲啸自成春。了无尤怨，莫道是骚人。

梧叶儿 梦后枕上作

三更后，夜正长，欹枕兮梦黄粱。巫山事，托楚王，本荒唐。但使人间，空自断肠。

西江月　湘滨晚眺

烟水空迷野渡，夕阳独倚江楼。江声呜咽送离愁，化作泪痕满袖。

故里依然作客，此身不系如舟。乾坤带甲四经秋，又是雁来时候。

木兰花　示内子

随唱如宾四十年，修眉曾画绮窗前。红颜那得春常驻，白发无如境易迁。

虽老大，尚缠绵，知卿不让孟光贤。艰难解识林泉味，藜藿于今也值钱。

浪淘沙　怀巽兄

闲望倚高冈，云树苍苍。睽违千里独神伤。安得奋飞双翮健，遥度衡阳。

切莫问家乡，无限凄凉。夜谈何日更联床。惭愧龙钟先白首，不比元方。

菩萨蛮　灯下

光摇四壁沉虚影，鸳鸯瓦上霜华冷。可奈白头翁，一灯花自红。

问花何所报，疑向侬家笑。想是未成名，空余老气横。

忆江南 邻园

邻园好，春色上楼台。冲雪不知寒气重，暗移芳信过墙来，蜂静莫疑猜。

赤枣子 夜宿涓江

灯黯黯，夜漫漫，独宿江村不耐寒。只有衾裯情自密，稳眠常过日三竿。

忆王孙 晓起追忆

朝慵恋恋一衾温，梦里无痕又有痕，仿佛寻诗叩荜门。过荒村，月下啼鹃欲断魂。

卜算子 别怨，用饮水词韵

砧杵报秋风，惹起芳心动。寂寞寒灯夜悄然，孤负鸳衾梦。

一纸诉相思，素手频呵冻。和泪书成欲寄君，又恐君愁重。

南歌子 晚渡

细雨炊烟湿，孤舟野渡横。乱流归去暮愁生，恰是一天醒醉不分明。

击楫英雄气，行吟逐客声。何时麈尾靖边尘，早令万方同日见升平。

秋千索 闺情，用饮水词韵

远山千叠愁眉绕。望不见、你归来早。倚楼玉笛怨黄昏，诉不尽余音袅。

惊心我独空房悄。更怕见、双栖啼鸟。陌头杨柳又逢春，莫再觅封侯了。

南乡子 感旧

垂柳拂章台，走马曾经到此来。回首当年歌舞处，尘埃，一院荒凉锁绿苔。

莫道好怀开，白发红颜两可哀。自古多情常有恨，痴呆，赢得风流付草莱。

朝中措 壬午立春日

晓来新霁上帘栊，顷刻透春风。竹叶欣欣浮白，梅花漠漠燃红。

乾坤收拾，尘埃扫荡，谈笑雍容。还我金瓯无缺，今年拭目群雄。

摊破浣溪纱　立春后三日

三日春风料峭寒，伤春无语倚雕栏。春到人间花信早，待谁看。

我自天涯沦落后，潇湘归卧几曾安。回首不胜家国感，一长叹。

眼儿媚　即事

天寒默默倚修篁，清露湿罗裳。玉颜憔悴，伶俜顾影，暗自神伤。

忆君千里难同梦，永夜独傍徨。寄书和泪，了无他语，快整归装。

河渎神　自慰

江月照离愁，心随逝水悠悠。不堪抛却旧杭州，卅年枉费绸缪。

稍缓亭台归故有，兄弟尚容携手。依旧听莺载酒，何须今日回首。

太常引 过杨家园

绿杨当日系青骢，人在少年中。裙屐自雍容，一掷万钱囊不空。

酒阑灯灺，宵深更静，携手倚熏笼。顾盼亦春风，那知再来成秃翁。

满宫花 春怨

盼飞鸿，音信断，想早把心儿换。从前盟誓总难凭，应是新人情绊。

牡丹亭，梧桐院，添上黛眉幽怨。春风吹彻梦无痕，化作秋风团扇。

桃源忆故人 闻笛

佳人吹彻梅花落，声咽江城高阁。惟恨隔重珠箔，欲见无由着。

潜蛟起舞惊幽壑，万古心胸开拓。驱尽一时萧索，不待芳游乐。

好事近 雪夜

夜静柝声残，冷透一衾如铁。高卧别饶滋味，喜江天风雪。

明朝归去拥妻孥，正度岁时节。因念别离千里，望鸰原情切。

荆州亭　除夕

天把岁华偷换，人把客愁先断。最后饮屠苏，几上杯盘星乱。

更漏迢迢夜半，独倚孤灯吟玩。明日放春风，吹送五云楼畔。

相见欢　题画

风吹万点幽花，落谁家？语燕差池依样受风斜。
春信透，愁人瘦，是吴娃。半面含羞无语障琵琶。

醉花阴　感怀

万事茫茫无可奈，我独风尘外。清啸愧鸾凰，不比孙登，总是谐天籁。

柴门未肯容冠盖，自束藤萝带。傲骨要谁怜，宁老烟霞，为世人陶汰。

蝶恋花　次东坡春情韵

胸吹峥嵘天地小。竹石槎丫，未许尘埃绕。名利误人真不少，苍穹何意怜幽草。

万里崎岖庸蜀道。道上行人，龀龀招谁笑。回首迹如春梦杳，徒贻后悔寻烦恼。

蟾宫曲

望天涯涕泪纵横。牵一缕幽情，挂一缕幽情，你久无消息分明。问一日归程，滞一日归程。阻关山，传斥堠，早一阵心惊，晚一阵心惊。

待春来，又春去，听一啭流莺，怨一啭流莺。夜悄悄人静无声。过一度寒更，怕一度寒更。

如梦令　即事

槽滴酒声红雨，客醉落花无主。春老不胜情，况是莺啼燕语。麈麈麈麈，如此风流谁予？

点绛唇　人日

踏碛人嬉，柳眉刚展春如许。爱情儿女，那解愁千绪。

携手同行，预约寻芳侣。鸳鸯渚，一时凝伫，唧唧闻私语。

锁南枝　寄远

天涯隔，情未已，鱼书可通嗟可喜。写不尽相思，欲言向谁言起。

满纸泪痕，寄到那里。望心中人，作回文比。

丑奴儿　春游

一鞭残照匆匆里，柳暗花明。乍吐流莺，无奈千娇百啭声。

山川信美终吾土，万壑争荣。怀抱皆清，不比骚人泽畔行。

人月圆　自问

平生奔走风尘惯，何日不飘摇。少年意气，纵横捭阖，回首无聊。

至今潦倒，雄心壮志，全部都消。安排黄发，栖迟故里，终老渔樵。

谒金门　春望

春气足，嘘透万山新绿。随处文章都郁郁，盛游宜秉烛。

满地芳菲可掬，满眼乾坤谁属？陌上春风人共逐，倚筇湘水曲。

天净沙　雨后

黑沉沉黯压天低，韵悠悠远听鸠啼。花乱飞，望眼欲迷。雨乍晴，群山如洗。及春游踏遍香泥。

玉连环影　送友人还家

稳卧一叶轻舟过，半幅蒲帆，波浪乘风破。
送君归，掩柴扉。相约暂时，同与世人违。

一斛珠　梅花

寒灯耿耿，疏棂斜透疏梅影。月明梦断芳魂醒。纸帐清幽，依喜今宵永。

一生常伴孤山冷。当时婚嫁何曾肯，无端拉入风流阱。有玷冰姿，独恨林和靖。

河满子　近况

故里兵戈迫促，何堪人海身藏。骨肉流离成远隔，望兄频上高冈。一缕情牵云树，几年梦染沧桑。

风过幽花自落，春残飞絮空忙。飘泊早知同有数，无言翘问苍苍。顾我老怀终淡，只随鸥鹭机忘。

驻马听　度岁到涓，不似曩日，慨然于怀

同是新年，万事欢悰不比前。依样壶觞春霭，爆竹声中，总是凄然。

家山人尽苦风烟，穷愁每恨诗难遣。更有谁怜，双眸空看

着鱼龙演。

好事近 闻雷

一震肃天威，惊破客中残梦。偏是东风解冻，拥炉寒气重。

凭谁把酒论英雄，入夜开春瓮。坐听千山声响，把淋浪雨送。

渔家傲 乡居春日感事

恰似渊明归栗里，闲情惯把吟筇倚。万壑青苍图画里。春色美，孤村落日炊烟起。

四野犹闻严战垒，飘摇不定频迁徙。虽可生存何足喜。兵未弭，终虞白发惊魂褫。

赤枣子 柳

窗外柳，影婆娑，老干横斜挂绿罗。不必郊行烦载酒，日长闲坐听莺歌。

庆春泽 赠妓

香染襟裾，春生笑语，眼帘斜注秋波。一顾倾城，扇裁羞掩轻罗。眉尖淡压知谁恨，非关几点新螺。夜如何、听尽荒鸡，怨尽灵鼍。

当年也解风流话，问于今安在，剩有蹉跎。回首前尘，韶华容易经过。钟情反是无情好，免他时、惹得愁多。一刹那、云雨巫山，梦断南柯。

明月棹孤舟 杜鹃

底事逢春空啼血，一声声、千山遍裂。叫破寒烟，催残落月，惹起客怀愁绝。

枝上三更如怨别，夔巫峡里今厄陧。故乡虽在，旧痕泯灭，何必思归情切。

一半儿

夕阳红射小桃夭，脸薄佳人涨酒潮，杨枝挂情长短条。欲魂消，一半儿韶华一半儿老。

落梅风

韶光好，天乍晴，野桃含笑春风劲。支短筇，听黄鹂几声，莫负了一时佳景。

天净沙 久雨

风风雨雨时时，来来去去迟迟。总总愁愁惴惴，沉沉睡睡，人人个个蚩蚩。

减字木兰花

万山新绿，乍雨乍晴春气足。又是清明，农事频催布谷声。

欣逢野叟，村社一瓶沽浊酒。醉倒黄昏，梦醒春愁不着痕。

苏幕遮　寄曼叔桂林

望天涯，横雁阵。无际云山，一角斜阳衬。人隔天涯天反近。五岭迢迢，千里劳书信。

惹离愁，搔短鬓。憔悴形容，万劫留余烬。今日故人休我问。异日相逢，却恐难相认。

谒金门　寄曼叔桂林

书未报，孤负廿年情好。千里邮传诗又到，格高臻独造。

也有西湖啸傲，久客自成清操。何日他乡归皂帽？喜音占鹊噪。

眼儿媚

风尘憔悴思悠悠，何况是残秋。客踪无定，田园寥落，处处招愁。

惊魂褫尽无人惜，儿女各飘流。此情多似，菊花泪陨，蕉叶心抽。

虞美人 有感，用李后主韵

兵尘纷扰何时了，陌上行人少。十年憔悴哭秋风，旧梦无痕多付客魂中。

江山故垒萧条在，形势何曾改。只今凭吊使人愁，空叹有鞭投去断淝流。

如梦令 巽兄寓道州，亦沦陷。消息断绝，怆然伤怀（四首）

梦稳春陵高卧，万里风尘惊破。虽是苦流离，珠玉依然咳唾。且过且过，定有诗来征和。

一室真如悬磬，两地飘摇无定。天际盼孤鸿，如我家山蹭蹬。静听静听，且待疆场争胜。

饮啄天然随分，此后荣枯休问。饥走乱山中，消息何堪滞闷。可恨可恨，风雨重阳将近。

万感消磨樽酒，蜀黍园葵糊口。栖息仗何人，遥念异乡老叟。持久持久，何日偕君携手。

少年游 简丽江三兄

世间好事本多磨，情海涨情波。新人欢笑，旧人啼哭，试问又如何？

昔年茅屋风流话，况复堕情魔。一钩新月，半窗垂柳，织恨有莺梭。

桂殿秋 （四首）

秋夜月，照银床，离情无奈梦初长。归飞雁度衡阳去，为我书传字几行。

秋夜露，芰荷香，疏棂微透水风凉。渔歌遥和鸣榔去，得悟穷通是此乡。

秋夜寂，色苍茫，流萤几点乱星光。更深人静浑无语，卧看银河挂屋梁。

秋夜静，苦啼螿，愁牵闺思到辽阳。衣裳捣去浑无力，一忆征人一断肠。

醉落魄 癸未重阳前感赋

一窗凉透，重阳风雨来新候。龙钟老态怜双袖。不是诗人，也比黄花瘦。

万里战尘惊驿堠，长驱扫尽东邻寇。歌声凯听铙笳奏。四塞河山，版籍当依旧。

醉花阴　寄怀邹慎斋宁乡

遥向灰汤怀旧友，应醉黄花酒。一别六年余，烽火频惊，尚忆吾侪否？

圣湖曩日勤携手，此事今安有。记得庆悬弧，尽室称觞，令节过重九。

归国谣　得杭州

汀雁起，书到故乡人万里。几年烽火惊魂褫。

黄花泪陨秋风里。兵难弭，归期未定空相喜。

诉衷情　郊游所遇

竹篱茅屋缀黄花，未省是谁家。别有一番秋色，淡荡不与韶华。

敲门且驻轻车，有吴娃。忍羞延客，问侬何事，脸涨微霞。

凤凰台上忆吹箫　感怀

怨蕴离骚，人怀楚泽，先朝事误纵横。对新亭挥泪，消息堪惊。依旧天涯烽火，疆场未肯早休兵。江山壮、古今一辙，供给纷争。

苍生，频年憔悴，到处是哀鸿，一片商声。叹渔樵歌断，怅望升平。人世红尘如梦，所争者、半是虚名。试问英雄多少，千古谁荣！

苏幕遮 自遣

小楼幽，三径曲。深院无人，怕损苔痕绿。我本是无心荣辱。傲骨支离，不自偕流俗。

老安贫，无局促。知命何求，有一瓯余粟。潦倒风尘能自足。抱膝长吟，夜剪西窗烛。

天净沙 独坐感怀

飘然世外孤踪，茫茫万事皆慵。自掩柴扉稳卧，长吟寡和，寒声赖有幽蛩。

长相思

山苍苍，水茫茫。人有离愁各一方，几时归故乡。

菊初黄，橘初黄。同是秋容休断肠，老来人更强。

玉楼春　芙蓉

盛名唤作西风客，独殿群芳留醉魄。嫣然一笑出红尘，莫向人间悲谴谪。

多情不待勤攀折，冷淡无言秋水隔。依今与汝结同心，共拒寒霜浮大白。

更漏子　秋怨

晓霜寒，红叶落，天际云山开拓。横空雁，又南飞，征人胡不归？

消息断，芳心乱，鹦鹉向侬休唤。衾独抱，夜初长，梦阑空自伤。

潇湘夜雨　谒何腾蛟墓

云黯三湘，哀沉七泽，苍茫莫慰忠魂。先朝往事了无痕。水流碧，孤臣血，鞠躬尽瘁，无补乾坤。最可惜，徒拼一死，未报君恩。

江声呜咽，沙沉折戟，荒冢空存。任骚人凭吊，惆怅黄昏。剩一片寒烟衰草，千载下、凄绝江村。幸田父，岁时伏腊，奔走荐鸡豚。

风入松　江楼感赋

一江风雨送残秋，默默倚江楼。楼前波浪沙淘尽，英雄事、付与东流。过客但争名利，苍生谁解深忧。

频年海宇困貔貅，身已寄沧洲。何人更抱安攘略，效班超、把笔轻投。自问吾侪老矣，白头宁觅封侯。

御街行

秋残细雨侵珠箔。莫道是、檐花落。幽蛩响彻玉阶空，斗觉寒惊衣薄。柴扉昼掩，麈谈无客，未免人萧索。

邻翁纵有余醅约，本无量，难多酌。长吟抱膝独徘徊，身世茫茫何托。此时休问，达人常在，且自行吾乐。

忆秦娥

心难度，归来苦忆孤山鹤。孤山鹤，于今飞去，别家楼阁。

轻舟不系仍飘泊，江天万里风尘恶。风尘恶，残宵梦里，钱塘潮落。

以上《学圃老人词稿》，见《近代中国史料丛刊续编》第二百〇四册，台湾文海出版社出版。

胡熙寿

胡熙寿（1888—1921），字谔臣，号荦斋，宁乡人。光绪二十八年（1902）举人。民国后主撰《国民日报》。有《红豆相思馆词》。

齐天乐　同易枚臣客沪上作，时枚臣将有日本之游

乍时征舸连江下，西风又催人别。兰芷春心，茱萸秋泪，客里共愁佳节。笙歌未歇。问尘世几回，高楼夜月。酒醒明朝，有人相忆海天阔。

京华谁念倦旅？只旧盟鸥鹭，堪诉踪迹。燕月侵眉，吴霜点鬓，重见想应凄绝。飘流一叶。况亭角黄昏，斜阳红抹。付与浮桴，日华东处说。

见《全清词钞》第三十九卷

张　锦

张锦，字丽芬，长沙人。张百熙次女。

一剪梅　春感

芳草萋萋糁绿苔，怕染尘埃，犹带尘埃。一双新燕故飞回，来也徘徊，去也徘徊。

云鬓蓬松坠玉钗，才理妆台，又倚妆台。年年风景为谁催？故我疑猜，今我疑猜。

鹧鸪天　春愁

远客离愁怕倚阑，雨中无计避春寒。故园今日休回首，柳坠柔丝不忍看。

抛岁月，感云山，可曾芳草绿湖南。金尊空向花前醉，风景催人又一番。

画堂春　春燕

东风吹醉满园芳，绿窗帘卷斜阳。一双新燕去来忙，细语暄凉。

寻伴浑身杏雨，安巢一嘴芹香。似曾相识到华堂，栖稳雕梁。

鹧鸪天 忆庄妹

冷落天涯信渺闻，最愁人处近黄昏。一帘花月侵春梦，万里关山断客魂。

情切切，病沉沉，清宵莲漏不堪听。怜伲好梦成吴越，忍见罗衫湿泪痕。

浣溪纱 戊午溪桥春日

春日迟迟影欲斜，芳阴移过碧幮纱，东风吹上野兰花。

蝴蝶一双忙点缀，燕儿终日语喧哗，小窗新试雨前茶。

生查子 庚申海上中秋

去年明月光，写出中秋景。海上气清高，尊酒团栾庆。

今年明月光，偏为中秋隐。无复旧时情，满目疮痍憾。

以上《闲与轩遗稿·附长短句》，1933年铅印本。

刘泽榘

刘泽榘，字矱生，善化（今属长沙）人。有《咀淡山房诗余》。

清平乐 春思

浓阴十里，蝶也眠如此。绿上珠帘卷不起，人在百花丛里。

待得燕子归时，檀郎知否相思？防着莺啼妾梦，教他飞过柳枝。

虞美人 春雨

小楼听罢春难晓，旧恨添多少。桃花开尽杜鹃红，无奈今年人老梦魂中。

前溪流水添三尺，一带山含碧。小姑描样画眉峰，画出远山翠黛正愁侬。

生查子 梨花

袅袅玉堂仙，金屋何时贮？带雨欲看人，泪重春如许。

莫共柳棉飞，更怕添愁绪。庭院又黄昏，独立人无语。

相见欢　宫词

后庭曲按琵琶，舞腰斜。新月一钩初上紫薇花。

长乐院，昭阳殿，夜如年。新宠也夸昨梦到君前。

菩萨蛮　秋闺

蛩啼金井秋梧老，空阶叶落无人扫。风动入帘来，罗裳吹自开。

柳眉愁乍敛，寂寞深闺掩。昨梦化鸳鸯，孤飞秋夜长。

前调　红豆

几番摇落西风里，劝君莫撷相思子。点点是秋心，秋深愁更深。

月轮低绣幕，怕见灯花落。南国雁连天，怀人又一年。

浣溪纱　宫怨

记醉昭阳玉漏稀，君王情重思依依，酒痕怕睹旧时衣。

不是关河离别苦，宫墙只隔一重闱，晚来魂傍御帘飞。

渔家傲　秋闺

盼断尺书搜故纸，孤灯凉夜芽霜蕊。欲制秋衣寒透指。凭玉几，碧天倒挂银河水。

孤雁一声人万里，泪珠弹向西风里。化作断肠花更紫。眠欲起，月儿正照鸳鸯被。

潇湘夜雨　秋海棠

瘦减芙蓉，娇怜芍药，玉人底怪情慵。谁将哀怨谱弦中？怀正苦、雁横塞北，开未落、月上墙东。寻秋梦，鹦哥唤醒，只是愁侬。

芳心一点，相思何处，付与飞蓬。恨年年肠断，寂寞深宫。香乍吐、花如人淡，情更怯、泪比花红。销魂处，黄昏睡起，无语对西风。

凤凰台上忆吹箫　玉钩斜

环佩音沉，绮罗春散，谁怜剩粉残香。任鸟啼花泣，蝶病蜂狂。怎奈宫人春梦，呼不醒、地老天荒。秋风里，残魂游戏，化作鸳鸯。

欢场，而今已矣，三十六宫中，云想衣裳。吊夕阳衰草，何处椒房。苦恨年年杜宇，声声惯、叫断人肠。空留得，蛾眉新月，画出宫妆。

祝英台近　芦花

夕阳低，流水浅，雁影掠南浦。卸尽红妆，头白向人舞。最怜司马多情，一江秋色，倩商妇、四弦重谱。

沉吟苦，怕睹散絮轻棉，斜飞更难数。冷伴吴枫，两岸月初吐。莫同薄幸杨花，随风飘泊。却不管、情丝千缕。

忆王孙　宫词

龙池漏尽篆烟消，静锁深宫夜寂寥，别院歌声百啭娇。舞纤腰，一架秋千入碧宵。

潇湘夜雨　七夕友人招饮，即席戏赠

鹊驾星桥，香焚绣幕，一年聚首今宵。人间天上恨同消。弹不尽、湘弦情重，画不出、梅帐人娇。堪怜处，金针乞巧，只怕来朝。

低头细按，琴心欲语，一抹还挑。料眉尖愁锁，着意轻描。更欲转、高烧莲炬，秋未老、瘦减菱腰。佳期过，秋风味苦，湘水梦儿遥。

望海潮　登衡山有感

地雄荆楚，星分翼轸，山川形胜清幽。北望洞庭，南瞻大庾，我来绝顶重游。俯仰阔吟眸。看大江落日，远浦帆收。分付奚奴，安排斗酒话沧洲。

不见岣嵝碑留。把兴亡感慨，付与江流。煨芋邺侯，题诗刺史，古人千载悠悠。何处一声秋？正朔风下雁，好放归舟。回首云山不见，一片晚烟浮。

以上《湘东七子诗钞·咀淡山房诗余》，光绪三十一年（1905）长沙蝶社刻本。

刘泽槩

刘泽槩，字蒲仙，善化（今属长沙）人。

转应曲　秋月

秋月秋月，昨夜团圞今缺。清光照彻潇湘，可有离人断肠？肠断肠断，影落金尊未满。

孤雁儿　秋雁

书空点点浑无迹。望欲断、天涯隔。一声嘹破洞庭秋，空阔楚天澄碧。迢遥关塞，可曾游子，倩汝传消息？

西风凉信催刀尺。一阵阵、排云出。芦花明灭蓼花红，掠尽暮烟斜日。年年秋到，衡阳征影，都似曾相识。

多丽　蟋蟀

豆花天，声声叫破寒烟。正疏篱、残阳明灭，碧天孤月初圆。懒妇惊、忙敲玉杵，征人感、归整银鞭。五夜啼风，三秋咽雨，最难堪处可人怜。怕底是、琵琶商妇，谱入四条弦。频□续，有何幽怨，如此缠绵。

自宋玉、魂销吟苦，有谁划划□缘？杂寒螀、罗衣正冷，和络纬、团扇将捐。草长空阶，桐生古井，深宵孤立未成眠。尽勾引、离怀别绪，都到寸心前。光阴晚，可能唤转，锦瑟华年。

以上《湘东七子诗钞·方壶馆诗余》，光绪三十一年（1905）长沙蝶社刻本。

刘德鑫

刘德鑫，字海擎，湘乡人。与拒降日寇的义士郑家溉(1871—1944)交往甚深。有《惊涛舷语》。

水调歌头

甲申闰四月二十七日，于紊乱中与家人走大山冲左家湾，是为流亡之始。

从此断肠客，不必吊杨花。杨花纵是飘荡，犹不到天涯。惟有流亡人去，飘荡不知何许，况味最堪嗟。回首望霜板，烽火夕阳斜。

古城阴，新堞外，暗尘沙。忍见喋血孤旅，辛苦斗长蛇。话到惊心来涑，梦醒还疑是梦，客泪落悲笳。万事且休矣，王粲已无家。

台城路

五月初四，大山冲卷入骇浪中，遂由左家湾迁至附近山内一小茅屋，名长圫者。状益狼狈，夜不能寐，凄吟成调。

惊飞燕子巢无定，哀哀丧家群羽。背岭穷岩，掩茅败屋，又得一宵栖处。飘萍飐絮。莫更问来朝，寄魂何许。且检余粮，草间偷汲冷泉煮。

遥边笳语乍起。半规斜月外，相和凄苦。桧影疑人，枭声幻鬼，合造虚惊无数。乌衣旧路。便问讯归云，一般无据。睡不成眠，坐看天渐曙。

前调

五月初八，局势益危，居停有辞客意。乃与家人及同伴者，于暮霭中冒敌机炮火，越望岳峰而至九峰山下。途中所历，词以写之。

西风不庇寒蝉梦，危柯乱吹不住。大鸟嘶云，晴雷喷铁，欲避浑疑无处。斜阳渐暮。送鳝径衔枚，越山人去。似避离群，野鹃啼向谷中树。

松间磷火几点，冷萤时上下，相引前路。倦屐攀岩，尘衫掠棘，绝境暗中飞度。残魂在否？又一羽摩空，啸声来蓦。炸破沉冥，夜烧谁院宇？

前调

五月初十，寇大至，进驻巴江。九峰距巴江里许，遂又不可复居，于是黑夜冒雨翻山而逸。抵九峰后山布袋冲，天已明矣。歧路惊弓，一时同感。

酒边多少如虹气，而今可怜无几。弹海浮鸥，刀林坠燕，惊换几番身世。雄怀倦矣。对峭浪尖风，梦中犹悸。水竭山穷，者回行到尽头未？

长林不断夜雨。冷蒙频扑面，都是愁泪。月黑流萤，虫喧乱草，写澈人间悲意。幽篁径尾。报一线微茫，曙村初霁。雾隐遥山，裂天长笛起。

临江仙

五月十八日，登九峰山何仙姑祠。望见县城火光烛天，涟水奔流其下，寂无帆樯，不觉泪下。时故乡沦陷，已兼旬矣。

仙子祠堂高绝处，画图遥展魂惊。冷潮流恨去无声。断笳吹落日，野火葬孤城。

棋劫辘轳何日了？沉沦可奈苍生。高冠嗟尔庙堂卿。可怜迁客泪，空吊战场兵。

采桑子

五月晦日，潜至霜板。一带村庐，不闻鸡犬。百年亭馆，惟见榛莱。少陵寥落流离之句，深有怆于予怀也。用小山韵，以写吾哀。

当时歌哭行吟地，白日闲闲，碧野朱栏，一夜风吹旧梦残。

砧声人语知何许，土裂田干，满眼荒寒，留与愁人忍泪看。

八声甘州

由布袋冲循径而南，为马蹄寨，颇有萦纡之胜。转折出林，则涟水、龙城，皆可手指。予常踏竹柏影，独往听九峰晚钟。用梦窗韵制此，坐石上歌之，几令满山猿鹤，皆生凄唳。

散空明点点是愁痕，千山耀繁星。倚苍岩望极，没莱荒陇，颓壁残城。故国抱洲芳水，浪卷血花腥。吊尽沧桑去，落日无声。

一角溪山自好，奈殊乡倦客，泪眼难醒。叹年时踪迹，蓬发欲消青。几伤心、寺门钟语，挟片云、飞恨落遥汀。斜阳外、渐牛羊下，一径秋平。

前　调

庚辰八月十五，余与拱明夜游南岳祝融峰顶。碧空如洗，明月上涌，大若车轮。下视则云气四合，群山尽隐。吾两人踞石上，捉云狂叫，衣袂皆湿。是夜穿云而下，宿铁佛寺。此余平生第一夜游也。拱明亦尝谓：每届中秋，辄感旧游。今夕何夕，乃独来荒山中，对此孤月，怀往伤情，尤念吾拱明也。

望归云天末故人心，今宵思悠悠。正家山杳邈，烽烟紧急，人去穷陬。坠叶西风不了，破屋乱鸣愁。无酒无诗夜，如此中秋。

多少前游照眼，只同欢人远，欲说还休。问如今南岳，好月为谁留？饱雄风、太空无恙，我念君、铁鸟渡瀛洲。拱明时在空军第三大队。君念我、在惊涛里，断桨危舟。

鹊踏枝　筠园盟伯郑太史挽词（六首）

太史讳家溉，字从耘，长沙人。书名满天下。五月七日，为倭寇所执，不屈，戕于涟水东岸黄泥垅池上。春秋七十有二。

一刹妖风吹浪立。打入山城，万户悲流徙。风鹤弓蛇惊未已，摧心又报文星坠。

是幻是真浑梦里。不信诗翁，真个骑鲸逝。独对残缸飘冷泪，凄清旧事如泉起。余八月在布袋冲，始得公殉国之耗。

记得逃秦来远楫。穷谷园林，兼岁留词杰。浪说桃源尘可绝，而今一例罹奇劫。公以辛巳新秋来寓敝庐，壬午冬始返东乡。临行犹曰："此真桃源福地，吾他日将卜居于是矣。"

独有公灵磨不灭。人去楼空，犹保题楼帖。点画当时夸峭拔，细看都是冲冠发。壬午公为余署超海楼额，自谓峭拔可喜。

记得年时随杖履。曾与郎君，共设金兰誓。苏氏长公元献婿，一时把臂成昆季。辛巳冬，公命余与家君小从、次婿王君汉农结谱，曰："尔曹其默祷刘关张，勿负此一炉香也。"

拙钝每劳相挈掖。推毂殷勤，得侍元亭几。癸未，公命余请业于岳阳邓沌庵夫子之门。今日追思余一悔，深恩负尽垂青意。

记得登楼曾作赋。白发流民，不负当年句。公吊曾文正公诗有云："白发流民惭后死，青山旧主忆先生。"鼎镬如饴身似羽，知公此日堂堂去。

莫望马塍花发处。黄土埋忠，旧是逃秦所。公赠余诗有云："我欲逃秦欣得所。"明月清风长万古，黄泥垅外横塘路。

长路漫漫烽火里。忠骨天涯，何日营归计。最苦家山风雨际，有人犹望平安字。从兄至今未得父耗。

一别严君成隔世。盟友从今，抱恨何时已。便做洞庭都是泪，可能雪尽孤儿涕。

故国何须伤变乱。见说来年，便作黄龙宴。一事伤心公已远，太平钟鼓无由见。公寓霜板时，每以国事为虑。所为诗歌，其忧时盼捷之心，何减杜陵。他日胜利临时，公独不及见，悲夫！

汉室雄师夸劲健。见说来年，便入扶桑岸。待缚胡酋归楚甸，与公着意营斋奠。

西江月

九月二十六，黄泥洞口看秋霁，忆城中浅斟低唱之欢，正去年此时也。

向晚归滩水急，横空扫叶风斜。阵云拖雨过前畲，多半明朝还下。

佐酒已无歌吹，撩人惟有寒笳。心中多少旧繁华，难觅旧人同话。

摸鱼儿 秋暮矣，寄此为故乡鱼鸟问

渐巴江、草枯沙冷，萧萧秋已如许。林泉到此都憔悴，那更去乡羁旅。秋且住，莫再把苍凉，点缀霜桥树。当年旧路。早废屋阴磷，荒丘战骨，写遍断肠句。

还乡曲，唱到而今总误。溪山今是谁主，凭谁寄与西风语？还我旧时鸥鹭。凝望处，又落木衰烟，冉冉千山暮。离情最苦。恨天际归鸦，载愁不去，空载落霞去。

一萼红

天寒日暮山谷里，中原无书归不得。殊乡残岁，客怀如是。

对荒郊，又岁华惊晚，狂雪舞亭皋。古庙笼寒，颓云酿暝，人迹不度溪桥。剩空际、饥鹰倦羽，绕枯林、一抹写萧条。闪壁灯昏，温诗酒冷，情绪无聊。

避地依然沧海，纵青衫无恙，总觉魂销。故国蒙尘，坠欢如梦，旧日鸥鹭难招。九峰外、雄流在否？盼春来、为我荡归桡。漫想薰风两岸，凯唱云霄。

八声甘州 寒夜独坐，感成是解，书寄璧、美两妹

怅天伦不似雁同飞，形随影相呼。似群舟就舣，因缘偶聚，又散江湖。旧恨结肠未展，新恨几时舒？此夜炉边火，渺渺

愁予。

客舍莫萦归梦，怕战笳凄厉，惊梦成虚。倚寒窗念远，各对一灯孤。更休问、加餐杜牧，杜牧诗："异乡加饭弟兄心。"叹疏狂、早与昔年殊。君知否？只墙梅影，似我清癯。

虞美人　乙酉元旦

雪如战事无停意，风紧门深闭。酒炉香袅隔墙烟，闻道邻家今日过新年。

天涯多少无家恨，此恨谁相问。欲将杯酒洒愁肠，转恐愁肠着酒更思乡。

鹧鸪天

"一醉醒来春又残"，小山句也。午梦初觉，起步畦圃间，闲吟此语，偶有所触，遂拈以作起句。

一醉醒来春又残，晚阴凉沁豆棚间。客怀乱似风前柳，归思浓于雨后山。

青鬓老，旧盟寒，故园消息路漫漫。不知今夜当头月，明到霜桥第几湾。

前　调

九峰山顶祀何仙姑，每届夏日，村人迎神祈雨，视为盛典，虽战时莫敢废。五月十七日，众送仙姑还庙，男女塞谷，笙歌遏云，一若太平盛世者然。彭智翁邀予登山看会，丐予词纪其事。

画扇飞蓬障软晴，玉箫檀板斗轻盈。万家香火随鸾辇，一路欢声到上清。

开倦眼，倦难醒，众中寻乐总无名。殿门一曲云仙引，别有伤心写不成。

台城路

五月二十一日，寇自永丰两路北溃，一驻虞塘，一驻丰冲。九峰处两地之间，遂被围困。村人相率趋走九峰下院修真庵。是夜夜半，明月在树，山翠欲流。予与彭智翁坐石磴间，纳凉联句，浑忘身在绝域也。须臾天曙，智翁于晨曦中，首见寇沿巴江溪路北逸，相与大笑。一夕俊游，谱此以记。

揭天鼙鼓连营起，仙乡乍成孤岛。佛座分灯，禅堂借榻，净土几番纷扰。狼烟草草。认无力寒灰，鸭炉余袅。正好登临，殿门高倚送残照。

清宵山影似洗。好风同坐处，幽意多少。石外听泉，松间话月，不是寻常吟啸。相看一笑。指吹角前村，片云开晓。隐隐胡尘，拥长蛇去了。

八声甘州

八月十日，日本向中、美、英、苏承认无条件投降。我国至是遂获最后胜利，赋此志庆。是夜重庆曾发号角二十分钟，故首句云云。

蓦雄笳吹断太和魂，天边捷书来。莽神州万里，阴霾卷尽，重见天开。家国十年忧患，一霎绝尘埃。不尽欢腾意，薄海春雷。

百战河山功绩，看元戎此夕，浅笑深杯。看丰碑长石，矗兀立胡街。看明朝、岛王宫阙，看汉旌、招展上楼台。临风祝，好乾坤在，岁月无涯。

以上《惊涛舷语》，1945年石印本。

邬思亮

邬思亮，字梅痴，湘乡人。曾任湘乡县文献委员会委员、湖南咨议局议员。有《报晖堂词》一卷。

念奴娇

悲哉秋气，正南飞旅雁，夕阳明灭。落叶阶前飞复起，纸颤窗棂风裂。铁马声嘶，砌虫吟苦，一例供悲切。西风无限，催人两鬓成雪。

见说青海长征，黄龙远戍，烽火连天列。傅介张骞安在也，空洒男儿颅血。瀚海沙飞，澜沧波涌，胜算庙堂缺。昆吾鸣剑，西欧战伐方烈。

望海潮　湘江秋泛

曙光荡胸，新凉醴面，醒来犹卧船头。石倚秋空，滩翻古雪，半篙新涨溪溜。烟霭万山收。看栖鸦两岸，人影中流。夜雨秋虫，晓风残月思悠悠。

裘葛又易春秋。叹侧身天地，几辈无憀。少日才名，暮年词赋，钟鼎山林都休。事业付浮鸥。有浪花一簇，引导轻舟。正好黄花美酒，几日到潭州。

踏莎行

碧玉华年，东家情愫，乍相偎伴惊微怒。安排柳叶逗春光，深情却恐梅花妒。

惆怅而今，悲欢前度，亭园花落青春暮。频回首似梦如烟，谁知梦也无寻处。

水龙吟　白莲

仙人端合瑶台，何时飞向镜湖住？凌波罗袜，亭亭玉立，寒星乍吐。淡冶萧疏，秾华洗净，天然风度。记东皇枉是，弄朱渲紫，沁不透，素心侣。

别浦何人延伫？倚晚凉、暗香飞雨。梨云照夜，桂华破晓，惊醒鸥鹭。好梦常圆，盛年似水，多娇欲语。看晴湖浴罢，明珰皓腕，采菱人妒。

声声慢　雪

千丝万屑，轻飏斜飘，盘旋作势不歇。夭矫玉龙起舞，寒光明灭。佳人晓起对镜，衬出他、一天高洁。风过处，上帘栊、错认杨花时节。

万顷琼瑶新缀，应知我、肝肠生冷如铁。且着鹿裘，垂钓寒江水阔。梅花悄无人处，正千山、明月积雪。这俊赏，人间世此夜独绝。

摸鱼儿　晚春词，咏洪宪事

风雪惨淡，国本漂摇。莽莽神州，茫茫身世，天高难问，来日大难。泪挥新亭，戈操同室。再摘抱蔓，百年为戎。矧值暮春，重予感喟。妒花风雨，警耗频来。坠溷沾泥，亿劫难复。借酒浇愁，长歌当哭。义本告哀，旨归忠厚。掬此血泪，一讯东皇。

最难禁、晚来情绪，韶华长共春暮。养花犹怕春阴重，何况摧残风雨。春满路，见说道、落红狼藉无归处。飘零正苦。有东海冤禽，西川杜宇，啼处血如雾。

个儿事，一误何堪再误，佳期曾有人妒。狂蜂浪蝶纷相逐，莫认作同心侣。君应悟，君不见、落花飞絮无重数。伤春不语。更极目中原，断烟零雨，日夜催春去。

喜迁莺　七夕雨

檐溜犹滴，望星汉天低，万里云积。电织金丝，桥横翠羽，隐约云軿相直。念沉沉暝景，难细认、别来颜色。有下界，乞巧双鬟拜，双星裙舄。

愁绪千叠，奈相望经年，脉脉当今夕。雨洗佳期，风清宝帐，语短夜长情窄。欢悰苦未了，早分付、别离踪迹。应知否？有窥人新月，云际帘隙。

柳梢青

韵远神清，眉心递憾，眼底传情。几番相见，背人私语，无限丁宁。

记曾人约黄昏，好珍重、柳梢月明。流水多情，落花有意，风阻蓬瀛。

浣溪纱

莫放珠帘碍燕过，好栽丝柳约莺歌，波光人影晚凉多。

蜜意缠绵生远梦，春情慵困敛双蛾，晓妆临镜奈么哥。

暗　香

玉阶露湿，有晚凉藤榻，飞燕小住。人语初惊，花影蒙松细回步。毕竟怜才情重，团扇底、眼儿偷觑。愿心头、小影长埋，供养心香炷。

凝想，一灯孤，剩人静酒阑，明月窥户。梦魂相诉，又杳阳台梦中路。但祝卿卿长寿，相思拼餐红豆苦。生怕好花枝，例惹风雨妒。

满庭芳

山约舟行，天留云住，一溪烟水苍茫。遥峰团翠，隐约见渔庄。多少繁华旧梦，空回首、地老天荒。伤心处，前朝燕子，相对话斜阳。

大江流不尽，青衫旧泪，红粉新妆。漫盈得，妒花风雨轻狂。见话花翎红顶，都付与、树影山光。凝眺外，青山无语，流水绕空墙。

双双燕

卷珠帘也，有紫燕双双，绕梁穿户。弄姿刷羽，故向人前相语。还又轻盈回顾，入旧巢、依然重住。几回柳外花间，俊影翩然来去。

满地，红英散雨。爱掠水拖烟，凌风旋舞。香巢重葺，衔尽落花飞絮。惆怅青春易暮，忍抛却、斜阳花坞。镇日并宿双栖，应有翠帷人妒。

沁园春

胡淑予姻丈七秩双寿，兼值两曾孙汤饼之宴，文孙、伯勤毕业胜会。

日丽南天，春永北堂，东阁筵开。望绛霄瑞气，婺庚齐曜；兰阶夜色，蚌月双胎。白雪新词，南山雅颂，咳唾九天倾碧瑰。难逢处，欣霞觞介寿，汤饼传杯。

先芬五寿同怀，更珞珞孙枝挺异才。看机云词赋，平分簇锦；元龙豪气，上接三台。进取精神，少年身手，一跃共和新舞台。料安石，赌墅围奕罢，屐齿先陨。

齐天乐

祝新化宗人绶卿太守之太夫人，邬节母李太夫人九秩寿庆。

蟠桃已结瑶池露，天孙正停机杼。日永蓬壶，秋高桂宇，九十璇筹重数。霓裳乍舞。看金管云璈，列仙同醵。酒晋麻姑，南山愿颂越天姥。

林乌至今返哺。忻同堂五世，节母子七，孙二十四，曾孙十八，元孙十。绕膝儿女。南诏讴吟，太守宰滇，历任皆有善政。民建生祠，讴吟遍野。东瀛学海，曾孙朝宪游学东洋，著中日英合璧字典。雅慰熊丸辛苦。篱菊渐吐。隔旬日重阳，延龄先酺。为献冈陵，载赓天保句。

贺新郎

少小相逢日。还记汝、青丝络颈，云鬟覆额。织袜归来深巷晚，乍倚雕阑痴立。情脉脉、两心怜惜。燕侣莺俦纷在眼，怕等闲传逗春消息。只此意，更谁识。

十年江汉曾行役。只剩得、霜侵鬓老，雨荒梦歇。今日无端重聚首，绰约丰姿犹昔。添多少、周旋形迹。且莫深衷谈往事，恐旁人争说蓝桥客。觅旧约，青春陌。

菩萨蛮　暮春

韶华满眼烟如积，花飞片片春归急。切莫酿春阴，迷离花影沉。

匆匆春又去，无计留春住。把酒祝东风，东风泪眼红。

浪淘沙　潇湘八景（八首）

蓼港夜湾船，蓬背横眠。一天星斗满湖烟。忽见四山云影乱，凉意先传。

风雨阔无边，孤客心悬。乡思滴碎夜篷前。何处鸡声来枕畔，江月依然。**潇湘夜雨**

路远又山赊，村店人家。岚光一线接彩霞。好与雏姬添色相，脸泛桃花。

秾艳满天涯，酒帘风斜。王孙过此也停车。渲就天公着色画，金碧些些。**山市晴岚**

日暮大江横，风静波平。渔舟菜艇喜相迎。沽酒老翁齐上市，夕照犹明。

蟹舍竹编成，接宇连甍。东头西角晚烟生。闲立斜阳无个事，悄话鸥盟。**渔村夕照**

一抹淡如无，极目平芜。佛楼西角夕阳孤。几点钟声来缓缓，稳渡重湖。

黄叶满山铺，仄径筇扶。白头老衲携僧雏。何处疏钟催日落，梵影模糊。**烟寺晚钟**

岸转忽溪环，红蓼花残。柴门临水日长关。忽见片帆天际转，惊起雏鬟。

行役久关山，行路歌难。闺中也解忆长安。万里风波无恙在，儿女团圞。**远浦归帆**

一望尽平沙，白玉无瑕。洲宽江窄雁行斜。日暮风微矰缴少，休怨天涯。

渔舍两三家，秋水蒹葭。来踪去迹乱如麻。切莫嗷嗷中泽去，浅水芦花。**平沙落雁**

何处水云宽，长夜漫漫。渔翁稳卧仙翁叹。八百洞庭飞影动，浴出晶丸。

新月照银澜，客梦将阑。秋江风露怯衣单。我欲乘风归去也，高处清寒。**洞庭秋月**

云意晚来黄，江气新凉。回风卷雪过横塘。惟有幽人偏得意，寻句携囊。

云水旧家乡，换却新妆。琉璃世界夜茫茫。白发渔翁沽酒饮，醉到天光。**江天暮雪**

台城路

双双乳燕雕梁住，深闺闲添龙脑。帘卷风疏，花明日永，门外美人芳草。惯将人恼。笑细嚼红绒，唾沾吟稿。料峭春寒，人前新试芙蓉袄。

无言凝伫倚徙。尽溶溶脉脉，情绪谁道？新月长眉，黛云薄鬓，何用深描淡扫。徐娘半老。犹靥泛春酡，波澄秋潦。见惯司空，也为伊倾倒。

御街行 忆梦

秋来桂蕊飘香砌。夜漏静、琼阴碎。画堂南畔接西厢，星影朦胧垂地。百年今夜，月圆花好，一刻千金意。

鬓儿断并心儿醉。梦未醒，先成泪。喁喁私语口脂香，未惯孤眠滋味。都为此事，帘前花外，着意相回避。

蝶恋花 晨景

一片青山围古树。树外浓烟，失却山外路。缺处山衔朝日吐，彩霞飞上青冥去。

漠漠水田收宿雨。行水人来，惊起双白鹭。闲话桑麻从头数，牧童初放新黄牯。

渔父 端阳

灼灼榴花红照日，溶溶蕖水绿盈塘。才立夏，又端阳，青蒲绿艾纷相望。

楚俗千年竞渡忙，三闾遗事话江乡。啖角黍，饵雌黄，治聋家家酒瓶香。

沁园春

辽鹤归来，三见沧桑，一望荆榛。看英雄崛起，乍兴旋灭；美人老大，欲笑还颦。震撼新潮，荒芜旧学，经济文章空等（人）身。更谁问，有摩天巨刃，照乘奇珍。

黄粱事业宁真，怪蚨蝶庄周蜕化频。幸一天芳草，青春未老；万重烟景，好月常新。借酒浇愁，长歌当哭，百岁光阴迅转轮。疏狂甚，倩焦桐写意，稚柳怡情。

满庭芳 旅况

半笏丹墀，一方天井，闲中阅尽春秋。朝云暮雨，静意常盈眸。无数珍花异草，渐玉兰、高已齐楼。细思想，龙城万户，独此地清幽。

轮蹄辐辏处，熙来攘往，着个名流。且莫伤迟叹，暮有编摩，事业长留。谁家院？衣香人影，新月已如钩。

永遇乐 夜凉

清逼书斋，润浸楼阁，云气凝聚。万户嚣声，一天暑气，今夜归何处？珠帘绣幕，宵长漏永，闲煞舞衫歌袂。几曾见、衣香人影，暗中划袜徙倚。

瑶阶岑寂，凉飔乍起，勾惹相思无数。旧梦迷离，新愁黯淡，深院凉如水。蓬山天远，佳期偏阻，几度欲眠还住。应长记、绿阴巷陌，黄昏庭院。

满江红　洗笔池

涟水东头，访此地、当年墨妙。空留得、数椽颓壁，半规荒沼。丞相总忘佳妇托，君王偏爱宸妃姣。拼孤臣、肝胆酬先皇，留疏草。

流何处，潭州老。巡何处，龙城道。趁临池染翰，摅怀写抱。挥就蛟螭殿壁走，邑人萧礼容，摹刻公书圣教序于祠壁。蒸成墨瑞科名兆。问功名、青史短和长，齐苍昊。

念奴娇　由县旋里，道经十里石有感

悬岩千尺，仗神工鬼斧，削成森壁。指点当年驻马地，无复斜阳巷陌。乱石飞空，枯楂塞路，步窘长途窄。苍烟落照，摩挲多少手泽。

而今十里双江，山光树影，回首成陈迹。红袖当垆今已杳，遑问摩崖刻石。山气苍凉，江流黯淡，尽作伤心色。秦皇汉武，凿空无此奇绝。

满庭芳　端午重过春元，晨步校园即事

夹竹初葩，蔷薇满架，校园晓景清佳。露浓烟重，湿透凤头鞋。回首娇红姹紫，帐成阴、绿海无涯。凭阑处，天晶云敛，明镜净如揩。

重来人已老，苍苔碧藓，旧迹萦怀。看摊书花下，悄立闲阶。无数新桃旧李，坐春风、梁栋安排。茅亭望，初阳金碧，画里着书斋。

又　湘乡文献录题词

插架牙签，盈眸玉版，选楼风味孤清。钩元提要，朱墨灿分明。且莫轻心料理，是千秋、慧业晶莹。思当日，孤灯夜雨，绵邈几含情。

珊瑚沉碧海，痴肥狂瘦，媸妍难评。拼唾壶击碎，掷地金声。漫道文难入选，怕九原、泪眼纵横。如相问，年来消息，云水洗双睛。

以上《春晖堂丛书》卷九《报晖堂词》，1947年石印本。

陈润湘

陈润湘，字黼堂，长沙人。

潇湘夜雨　新柳

斜点金堤，轻笼绮陌，春光漏泄条条。东风初试酒旗飘。晴尚嫩、鸦藏未稳，娇似怯、莺立还摇。谁描取、宫妆绰约，绝世丰标。

未堪攀折，阳关曲唱，望眼迢迢。问章台人去，谁奏银箫？王郎少、早牵离恨，小蛮弱、微露纤腰。迎眸处，柔情袅袅，那禁客魂销。

点绛唇　谨次柳村夫子寒夜感怀原韵

风急声凄，无端吹撼乡怀动。几回吟弄，客里羁愁重。
搔首流光，又把凉秋送。情谁共，一灯清梦，寒夜孤衾拥。

一痕沙　秋夜有怀

窗外月华如练，惆怅可人不见。风劲夜添寒，一灯残。
怕听凄凉蛩语，啼起满怀离绪。好梦太匆匆，乍想逢。

望江南 寒夜

风飒飒，无计破宵寒。坐雨愁看灯影乱，拥衾可奈枕儿单，听到漏声残。

多少事，欲说解人难。望远鱼书千里杳，还家蝶梦五更阑，有泪向谁弹。

误佳期 和价人别情

香篆飘残金鼎，梦搅魂儿未定。可人别后翠衾寒，蓦惹相如病。

花负海棠春，月掩芙蓉镜。垂杨那解者番愁，故弄风前影。

忆秦娥 春暮

春如许，垂杨踠地黄金缕。黄金缕，一条条绾，别离情绪。

梦儿几度飞湘浦，惊心日日风和雨。风和雨，香魂难系，落花无语。

菩萨蛮 闻蛩

黄昏兀坐搔蓬鬓，含情欲把蛩儿问。有甚不平心，长吟续短吟？

蛩儿争解语，只觉声声苦。清夜恼孤眠，相思月满天。

风蝶令　秋闺别情

梦破珊瑚枕，寒侵翡翠帘。西风萧瑟雨廉纤，搅得十分离恨到眉尖。

何处投笺字，无心展镜奁。觅来绣线手慵挦，但觉盈盈双袖泪痕添。

误佳期　秋风

落叶乍辞庭树，添得新寒几许。夺将团扇旧恩情，别恨盈盈处。

只解送愁来，不为吹愁去。无端扰起暮天云，又作丝丝雨。

高阳台　谨步柳村师庭前秋草原韵

碎影横窗，残痕点砌，抚时又怅秋深。怕听寒螿，三更凄咽墙阴。青青曾映潘郎鬓，莽无端、霜老华簪。感难禁、读罢离骚，弹罢焦琴。

王孙别去归犹未，正蘼芜路断，杜若香沉。消息年年，惹人客里惊心。几回踏向空庭月，乱丝丝、似我愁侵。且长吟、风卷筠帘，露冷罗襟。

前调 谨和柳村师感旧韵

柳眼慵舒，蕉心尚卷，海棠沉睡难醒。夜雨廉纤，客中人不堪听。闲愁已逐鹃声碎，更檐端、铁马东丁。苦吟成、怕忆朋侪，散若晨星。

凄凉往事空回首，痛缝衣犹在，萱草凋零。素愿都虚，那能拖紫纡青。生涯深悔儒冠误，怅频年、铅椠劳形。对孤檠、万种羁怀，一缕离情。

沁园春 残春，兼柬价人

又是春残，别绪无端，绾遍游丝。正红稀绿暗，奈何莺唤；风狂雨虐，归去鹃啼。寒透襟衫，潮生帘幕，午睡恹恹梦醒时。频回首，记楼东纵酒，砚北谈词。

年年辜负佳期，怅病后腰围瘦莫支。看月圆月缺，蟾奔兔走；花开花落，蝶醉蜂痴。往事成尘，闲情似水，空胜书怀笔一枝。君知否？有愁根寸寸，欲赠难持。

前调 春感

春色将残，夜雨潇潇，滴遍苔阶。正蝶魂惊破，一番清梦；鹃声啼起，万种幽怀。生计悬匏，别情罥柳，惆怅年年乐事乖。东风恶，刚遣将愁去，又被吹来。

客中苦忆朋侪。把旧日鱼书重展开。欢酒徒离散，金樽月冷；诗豪凋谢，玉树尘埋。剪烛窗西，分笺砚北，欢会而今安在哉！孤吟处，有一灯照影，双泪盈腮。

减兰　和价人春闺韵

韶光如许，门外梨花浓带雨。怕倚雕阑，翠袖风前不耐寒。

眉痕深浅，螺黛匀描山样远。斜倚妆台，笑倩檀郎插凤钗。

南乡子　雨夜遣怀，和笥贻韵

如此可怜宵，金鸭香残懒更烧。愁似柳丝纷缭绕，难撩。况听窗前雨打蕉。

兀坐一灯挑，顾影凄凉不自聊。情似藕丝牵宛转，难抛。泪洒相思化作潮。

眼儿媚　春闺，用笥贻韵

玲珑按罢断肠词，春恨玉箫知。愁根寸寸，泪珠点点，都化蚕丝。

生憎无赖莺声软，偏傍画栏啼。重帘不卷，怕他双燕，蓦地偷窥。

长相思

忏情缘，系情缘。缘缔三生一暂圆，佳人快睹先。

意缠绵，恨缠绵。莲子心含吐未便，藕丝空复牵。

卜算子

秋掩画屏深，曲忆梅花弄。相见争如不见时，翻把情根种。

蚕老尚余丝，蝶化难凭梦。安得朝朝掠鬓云，竟化钗头凤。

清平乐 和笥贻韵

抛残红豆，正是魂销候。百合衣香薰欲透，人与海棠俱瘦。昼长深掩房栊，连环恨锁千重。挥尽一春珠泪，那禁雨雨风风。

以上《湘东七子诗钞·退愚野樵诗余》，光绪三十一年（1905）长沙蝶社刻本。

陈　潜

陈潜，字潜公，号豸叟，湘乡人。有《蠖园诗余》。

菩萨蛮　回文（四首）

断肠愁雨疏窗满，满窗疏雨愁肠断。单影怯灯残，残灯怯影单。

鸟啼惊梦晓，晓梦惊啼鸟。霜鬓客情伤，伤情客鬓霜。

碧天长影浮云白，白云浮影长天碧。秋叶落高楼，楼高落叶秋。

卷帘珠泪泫，泫泪珠帘卷。凉夜怯空房，房空怯夜凉。

断云孤雁边书远，远书边雁孤云断。蓬转逐霜风，风霜逐转蓬。

晚秋催日短，短日催秋晚。鞍马拥刀环，环刀拥马鞍。

倦游人滞音书远，远书音滞人游倦。阴雨黯春深，深春暗雨阴。

落花飞雀啄，啄雀飞花落。山碧带烟寒，寒烟带碧山。

浣溪沙　次曾重伯丈题美人画韵（二首）

清夜银釭独自挑，云鬟駊騀黛慵描，月痕烟影满花梢。
淡荡春光摇嫩柳，廉纤细雨湿夭桃，绿窗闲坐展生绡。

绝世何年降玉京，凝眸欲语听无声，落霞天外远山青。
柳絮风光飞乳燕，桐花时节啭雏莺，元霜捣尽不胜情。

西江月

昔日词场年少，而今泽畔行吟。风尘荏苒少知音，寥落壮怀消尽。

我欲临风问讯，谁教蔽日成阴。群鸥春水对浮沉，出岫白云无定。

临江仙　春雨书怀

误我儒冠缘底事，多愁身世常醒。年年客里过清明。江山堪寄兴，书剑未成名。

总是浮云能蔽日，廉纤春雨难晴。林花寂寞鸟无声。今朝看豹隐，何处是鹏程？

浣溪沙　春雨新晴，移栽山茶，率赋一阕

久雨新晴晓日舒，软风清气动庭除，移花恰称带雨锄。
嫩绿看栽同玉茗，深红待放赛真珠，芳姿劲节有谁如。

菩萨蛮　（八首）

放斥以来，三年于兹矣。幽愤填膺，无以自慰。偶阅《百末词·无题》八阕，戏次韵和之。辞愈婉而意弥哀，亦美人香草之意也。

春光深锁情萧索，斜风细雨檐花落。绿柳暗长堤，心惊杜宇啼。
翠楼闲伫立，泪染罗衣湿。盼断雁书来，愁眉何日开。

雕楼已罢霓裳舞，殷勤枉寄金钗股。两地惜分飞，雁归人不归。
锦屏长日闭，午倦和衣睡。宝鸭袅残烟，离魂向那边。

莺儿声老惊闲梦，花间不见桐花凤。起自摘青梅，弓痕印碧苔。
同心结旧绾，情绪如丝软。红泪黦残脂，幽愁谁得知。

大江日夜东流去，黄昏点滴梧桐雨。独坐只低头，含愁弄带钩。

玉阶红不扫，零落伤秋草。乱鬐懒梳妆，思郎却恨郎。

当时柳絮纷飞雪，与郎共醉花间月。彩笔画眉浓，金蝉颤暖风。

堂前栖燕乳，陌上闻莺语。绣阁卷珠帘，凭栏翠袖寒。

琼轩漏咽铜龙吐，生憎海燕穿帘舞。欢会总成空，相逢只梦中。

长天秋水白，楼外寒山碧。莫唱望江南，离愁薄暮添。

灯前半醉传眉语，香阶划袜频来去。宴罢莫还家，阑干月影斜。

偎人娇欲颤，粉汗羞霞面。翠幕响金铃，翻教士女惊。

芳溪独采相思草，浅苔新印弓弯小。细柳拂斜桥，临风莫浪招。

林喧归鸟宿，雨余山光绿。春去苦难留，啼鹃起暮愁。

意难忘　寄潭州某校书（二首）

去年梅黄。记铜街驻马，画阁浮觞。车前频掷果，花底密闻香。清漏永、晚风凉，拼漫醉淋浪。忒动情、星眸斜睇，暗与形相。

私盟比翼双双。叹江湖载酒，薄幸萧郎。离魂迷远梦，红泪黦残妆。多少恨、几回肠，欲说也无妨。但恐卿、伤离念远，瘦损容光。

戎马苍黄。叹龙钟避地，潦倒停觞。敲棋闲煮茗，读易静焚香。甘淡泊、忒清凉，剩鬓发苍浪。忆旧游、真真画里，几度端相。

天生绝世无双。记骊歌晓唱，恨煞刘郎。青衫残渍泪，红粉漫啼妆。千万事、锁愁肠，胜事每多妨。到如今、天涯地角，负了时光。

梦江南 次飞卿韵（六首）

乡关远，莫上最高楼。海内风尘浑不定，烟波江上日悠悠，长啸倚沧洲。

家国恨，独自莫登楼。旧业已随征战尽，沈腰潘鬓意悠悠，回首忆橘洲。

游仙梦，烟雨锁琼楼。万里乘风归去也，青天碧海夜悠悠，何处是瀛洲？

相思甚，细雨隔红楼。旧事那容回首忆，离魂黯黯梦悠悠，青鸟滞汀洲。

羁旅久，回首仲宣楼。落魄江湖拼剧饮，长歌拔剑思悠悠，风雨暗荒洲。

情何限，远梦忆秦楼。柳色年年伤别恨，云天渺渺路悠悠，杜若满芳洲。

喝火令

两地相思苦，孤衾独寐难。香销瑞脑怯轻寒。寂寞珠帘半卷，月落晓星残。

病酒心弥碎，悲秋泪暗弹。依依别梦已阑珊。忆昔繁华，忆昔共贪欢。忆昔凭肩私语，花影上阑干。

十六字令　（八首）

寝疾兼旬，几濒于死。呻吟病榻，遂废啸歌。今日少痊，强起独坐，案头书帙，乱叠尘生。偶抽一卷，得周实《无尽庵词》钞本，遂次其香奁八幻韵。聊为绮语，借遣牢愁，并乞濬公和之。庚申秋日夏口旅次。

娇，晓起双蛾对镜描。薰香坐，篦簌带风飘。

憨，坠枕云鬟梦正酣。呢喃语，心事许谁探。

羞，却扇灯前故逗遛。凭肩坐，欲语又低头。

慵，午倦偎人睡正浓。梳妆懒，钗坠鬓云松。

鞶，寂寂花时又晚春。离肠断，不见去年人。

痴，独坐红楼夜雨时。心中事，欲语怕人知。

啼，细雨斜风晓露凄。莺休唤，远梦向辽西。

愁，杨柳青青古渡头。伤春恨，海燕话绸缪。

蝶恋花 夜坐书愤，次赵德麟韵，简濬公索和

借酒销愁愁不去。玉宇琼楼，记得曾游处。羊角扶摇知几许，池中应有蛟龙雨。

发短心长丝万缕。落魄江湖，只是伤情绪。半世浮名徒自误，几时重上青云路。

桂枝香 赠桂玉女郎

双眉黛细，更绰约含羞，粉腮霞起。笑挽流苏一寸，盈盈秋水。临风玉树花前醉，趁新凉、画栏闲倚。凤笙吹彻，银筝弄罢，无限幽意。

喜良夜、相逢客里。露侵罗袜，风动珠袂。把臂凭肩软语，可怜娇媚。天仙谪向人间世，本倾城倾国佳丽。纤腰慢舞，娇喉低唱，耐人寻味。

采桑子 庚申暮春感怀

今年又送春归去，天也昏昏，人也昏昏，暮雨鹃啼欲断魂。

蓬山路远伤离久，信也沉沉，梦也沉沉，万里相思一片心。

蝶恋花 濬公以梦老三词见示，次韵和之

五马踟蹰难舍去。玉砌雕阑，忆昔曾游处。割臂私盟心久许，西窗共话巴山雨。

别后情丝千万缕。两地相思，一样添愁绪。寄语青禽休再误，梦魂长绕章台路。

七娘子 六月晦病起即事

章台走马黄昏候，倚危楼、极目愁依旧。古道斜阳，长堤秋柳，江湖落魄情僝僽。

沈腰潘鬓销磨久。听琵琶、泪染青衫透。酒碧如油，灯明如昼，殷勤劝醉杯在手。

春风袅娜

叹飘泊江汉，未整归舟。消炎夏，又清秋。正雄姿、气壮请缨无路，词场人老，借酒浇愁。滴粉搓酥，偎红倚翠，醉里簪花应满头。宴罢殷勤暂投辖，更阑容与共登楼。

重见云英窈窕，灯前一笑，展冰簟、却下帘钩。判婀娜，忒温柔。频移玉腕，斜睇星眸。巫峡云深，霞侵鸟道，洛川波暖，月满鸿沟。休嗔轻薄，念风情如许，鲛绡挼碎，无限娇羞。

以上《蠖园诗草·蠖园诗余》，1922 年湘乡咸通石印局石印本。

杨延年

杨延年，字玉辉，湘乡人。杨昌浚（曾任陕甘总督）孙女。有《椿荫庐词存》。

南乡子　冬夜怀夫子京师

霜意怯云屏，寒透重衾梦不成。候雁将书书有未？难凭，迢递云山几万层。

绿蚁酒频倾，红萼窗前瘦影横。静对花枝无一语，含情，才擘鸾笺泪已盈。

浪淘沙　寄怀妹梦芝

疏雨杏花寒，明月团圞。传书何处觅青鸾。宝鸭金猊香懒炷，闲倚阑干。

风起绣襦单，遥忆芝兰。湘皋回首路漫漫。对此韶华萦别绪，清泪频弹。

前调　赏花

红药正争妍，垂柳初眠。花幡摇飏画栏前。紫燕黄鹂时弄舌，入耳生怜。

不爱翠花钿，为爱芸编。薄罗衫子减吴棉。南陌踏青游女盛，斗尽婵娟。

前调 秋夕（二首）

万里薄云浮，桐叶惊秋。长廊风细碎萤流。消尽炎氛人意爽，夜景悠悠。

明月照高楼，蛩语啾啾。湘帘十二卷银钩。倚遍阑干清不寐，为看牵牛。

芦荻满汀洲，凉雨飕飕。怯寒帘未上银钩。落叶萧萧窗外响，知是深秋。

聊以慰闲愁，香篆茶瓯。挑灯屈指数更筹。今夕故园秋雁过，谁凭南楼？

前调 秦淮秋泛

烟水绿滔滔，闲泛兰桡。红楼别院弄琼箫。袅袅余音穿画栋，人若梅娇。

景物渐萧条，疏柳长桥。白蘋风送晚来潮。月上帘帏都卷起，倦鸟归巢。

前调　小阁

绿树晚栖鸦，掩映残霞。朱兰新放一丛花。小阁幽深尘虑静，闲读南华。

门外月笼沙，谁拨琵琶？回风时送入窗纱。锦鲤不来云雁杳，望到天涯。

如梦令　四序分咏（四首）

十丈红蔷花簇，缓步园亭清淑。剔刺采柔枝，贮入小篮方簏。盈掬盈掬，香气似酙醽醁。春

红日山阿初下，渐减暑氛瓜架。摇扇出阑干，弥望绿菰盈野。将夜将夜，约伴纳凉荷榭。夏

万里长空秋净，风弄凋疏桐影。坐待月华明，微觉薄罗衫冷。人静人静，何处玉箫声永。秋

红萼盆枝初吐，闻得暗香生户。玉屑洒空阶，斗帐围屏深护。梅树梅树，如见明珰翠羽。冬

点绛唇　春晴

雨霁春寒，觉来忙换罗衣薄。玉人红药，对面如酬酢。

海燕营巢，往复穿珠箔。东风恶，斜阳吹角，一阵杨花落。

前调 夏景

翠展荷钱，石榴花灿如年夏。绿阴罨画，倦绣金针罢。
鸟啄黄梅，堕落鸳鸯瓦。南窗下，缥缃堆架，万景堪陶写。

前调 月夜赏荷

水榭云廊，绿蘋衬出红莲朵。石床闲坐，花月相陪我。
翳尔初时，千斛泥深涴。涟漪过，翠盘如弹，晶澈承珠颗。

前调 秋江

烟水苍茫，采菱三五随波去。野鸥游处，不畏风和雨。
绿柳长堤，无数人家住。凉如许，树梢斜日，一阵归鸦舞。

浣溪沙 春晓

漠漠春阴罩海棠，晓莺啼遍绿垂杨，云环挽就入时妆。
微觉轻寒生薄袂，早看曙色透回廊，金炉添炷水沉香。

前调 即事（三首）

微雨轻阴酿晓寒，卷帘怕见落红残，画屏深掩绣襦单。

一榻茶烟乡梦远，三春花鸟酒杯宽，浮云北望是长安。

静坐明窗理简编，吟成新句录花笺，晴霞红映石栏前。
深院风微飞柳絮，小池水浅叠荷钱，碧筒离绪倩谁传。

杨柳芙蓉罨画楼，疏篁丛菊一园秋，夕阳移影上帘钩。
碧海青天云漠漠，黄尘紫塞雁悠悠，玉壶容得几多愁。

卜算子　初夏

雨润绿苔滋，枝缀青梅小。呖呖黄莺诉夕阳，道是春归了。
月榭晓风轻，石槛流泉绕。减却诗情与酒情，恐惹花枝笑。

采桑子　即景

庭阶几日黄梅雨，罗幕疏棂，微觉凉生，点滴芭蕉不耐听。
莺簧啼涩花枝瘦，修竹亭亭，芳草青青，绿满园林夏景清。

前调　月夜思乡

枕边萦绕潇湘梦，惊听城笳，月映梨花，雨过轻寒透碧纱。
双鱼底事无消息，一别天涯，逝水年华，容易轻霜点鬓鸦。

菩萨蛮　怀夫子京师

闲庭飞尽杨花雪，春归杜宇犹啼血。独倚小阑干，露浓花气寒。

碧云劳盼望，红豆添惆怅。昨夜梦京华，彩毫新着花。

忆秦娥　离情

风潇潇，旗亭珍重驻兰桡。驻兰桡，芦花如雪，征雁鸣皋。

别离忽忽怨秋宵，蛾眉敛翠思无聊。思无聊，水天一色，海汐江潮。

前调　乡思

秋容好，疏篱丛菊花开早。花开早，蝶衣褪粉，蛩声渐老。

金樽难遣离愁少，玉珰省识音尘杳。音尘杳，鷦枝寄着，雁行单了。

前调　秋思

清秋节，桐飘金井蝉声咽。蝉声咽，满帘皓月，半墀黄叶。

银缸寒透宵深怯，枕函别梦飞如蝶。飞如蝶，河山万里，恨云千叠。

清平乐　秋思

愁丝缚系，难觅埋愁地。啼鸟无言花溅泪，风雨酿成秋意。

自怜负了韶光，镜中云鬓添霜。十二碧栏闲倚，飞鸿嘹唳斜阳。

西江月　春晴

紫燕营巢绣户，日轮碾破春阴。海棠风冷似难禁，呼婢金铃系审。

珠箔任垂银蒜，绮窗懒理瑶琴。帘前鹦鹉颇知心，唤醒南柯一枕。

前调　忆江南

倦绣绿窗分咏，踏青紫陌春游。秦淮烟月木兰舟，曾听清歌载酒。

闻说花枝烂漫，繁华胜昔风流。匆匆别去数年秋，光景令人回首。

烛影摇红　七夕

残暑初消，月新云淡灯光暗。仰看乌鹊起填桥，碧落飞星点。为问佳期久暂，惹人间、更深漏渐。蜘蛛呈巧，瓜果纷陈，香炉烟泛。

清籁时闻，便疑仙佩天风飐。支机灵石认从来，海客乘槎犯。水浅蓬莱试探。报方平、麻姑敬念。羽车鞭背，麟脯行香，蔡经何憾。

减字木兰花 赏荷

金针绣罢，玩赏芰荷临水榭。绿树阴中，断续蝉声噪晚风。
晴霞明媚，红映花容如薄醉。闲步回廊，涤尽尘氛领妙香。

前调 怀夫子

三秋别憾，过尽征鸿书莫问。无限柔肠，题遍云笺贮锦囊。
双眉翠敛，宝镜慵临常自掩。清漏悠悠，风飐庭梧瑟瑟秋。

临江仙 忆家

回首家山红叶，遥空冉冉飞鸦。那堪三载旅京华。觉来乡梦，皓月上窗纱。

底事归期难计，输他燕子还家。蓟门烟树隔晴霞。潇湘何在，江笛谱梅花。

虞美人 病中偶书

丁当铁马鸣檐角，病里情怀恶。薄寒如水袭银屏，宝鼎心香常炷遣闲情。

多情底事偏多病，明镜怜癯影。浇愁准拟醉金卮，刚好东篱新放菊花枝。

前调　和夫子

禁烟时节寒犹峭，柳亸花枝袅。旧游曾记凤城春，无数香车飞鞚软红尘。

河阳开遍秾桃李，半落随流水。朱门月夕按红牙，谁念四郊多垒起鸣笳。时有伊犁片马之警。

蝶恋花　即景

闲界乌丝消永昼。寂寂花时，香送楼头牖。竟日和风裁细柳，小池清浅波纹皱。

一盏蒲桃新漉酒。醉倚雕栏，云树愁回首。青鸟传书南去久，朱颜半为思乡瘦。

前调　苏台秋思

白露为霜凉意透。桂魄晶莹，正照无眠候。玉树忽闻商女奏，兴亡只有河山旧。

客里情慵如病酒。红褪荷衣，蝶粉伶俜瘦。楚尾吴头分袂后，白云红树愁回首。

唐多令　荷池

翠叶满池塘，清风生夕凉。听蝉鸣、绕岸垂杨。落尽晚霞明月上，移花影，到回廊。

莲粉褪红妆，花须浥露香。折长筒、为吸琼浆。夜永阑干人语静，鱼戏水，乐洋洋。

前调　舟行

茅屋竹篱遮，渔舠隐荻花。滞征程、两细风斜。摇橹中流容与甚，危樯上，有栖鸦。

白露下苍葭，浮家更忆家。只河山、风景殊佳。省识沧桑无限感，东逝水，叹年华。

渔家傲　晓起

才烬银釭天就晓，鹦哥架上催妆早。排闼双开庭院扫。晨光好，园林近处闻啼鸟。

紫陌黄尘临曲沼，鞭丝帽影长安道。芳草连天青未了。登楼眺，林花渐与莺簧老。

满江红　春景

春到天涯，黄莺啭、声声如笛。画栏外、几番阴雨，蝶飞无力。帘幕留香浓不散，林花带雾开犹幂。见绿杨、三起又三眠，连朝夕。

岑云重，溪流急。寒峭料，风萧瑟。乍萍池飘絮，瓦檐干滴。惜别时吟春草句，填词未是生花笔。厂轩楹、如画看山林，高低碧。

庆清朝　即事

瘦似黄花，清于萼绿，长疏罗凤钗鸾。间关几经跋涉，未释征骖。万壑秋容未老，吴江枫落露汚汚。云深处，几椽草舍，依倚林峦。

心一个、分数个，镇日萦绕着，别憾多端。堪怜流光若驶，春去秋还。检点衣裳莨篋，缁尘污涴许多斑。他年认，雪鸿爪印，曾度千山。

长亭怨慢　送别淮仙表妹

最难是、相思真遇。雨洒前汀，楫回南浦。乍洗征尘，劝将卮酒，正欢聚，历时曾几，都道得、休言去。去便有期时，又岂应、匆匆如许。

迟汝，纵阳关叠唱，只管整装无语。门前路杳，孰伴尔、远游行住？到彼处、早寄书来，趁今夕、滔滔情愫。再盼那西窗，还话巴山夜雨。

念奴娇　和夫子题照，即次原韵

鹧鸪声里，半阴晴、正是黄梅时节。百结柔肠，难遣处、自擘鸾笺申说。樯影穿云，轮音震瓦，记数前时别。京华何在，连天芳草堪怯。

销尽秋月春华，江鱼塞雁，垂柳何堪折。卓荦英姿还似昔，文酒唱酬重叠。万里鹏抟，青云前导，一片长安月。他年衣锦，高堂应慰华发。

水龙吟　秋兴

画檐铁马丁东，金风乍起吹中溜。层楼试望，晴霞暮霭，天然图就。霜染枫林，雪飘荻港，山川如绣。正药炉抛弃，酒杯停得，人容淡，黄花瘦。

休把双眉攒皱，尽登临、清风携袖。阑干倦倚，寻思何限，渐黄昏候。桂魄徘徊，罗云掩映，长堤疏柳。但高寒似此，清秋景物，餍诗情否？

摸鱼儿　秋日泛舟寒山寺

爱烟波、轻舟初泛，清光如对明镜。兰桡稳度青枫岸，刚好水平风定。天半冷，看几点、寒鸦树上归巢影。前溪系艇。步梵宇琳宫，庄严法相，洗耳听清磬。

寒山子，曾向人间驻景，当初没个名姓。山坳水涘遨游处，时发啸歌吟咏。频唤醒，尘世上、熙来攘往诸凡圣。山容渐暝。乍佛阁蒲牢，吼将日暮，归路发深省。

前调 和夫子京寓寄忆，即次原韵

困人天、午阴寒峭，蟏蛸潜上朱户。兰薰停炷金猊兽，帘外几番梅雨。春不住，有远讯，邮筒宛转怀归语。开函看诉。说旅夜无眠，新词有泪，浑莫遣羁绪。

云鬓改，秋月春风似骛，修梧栖凤天许。龙门百尺昂然在，清健不随时妩。君慎取，名利地、青蝇白日群纷聚。冲霄鹤翥。便吉羽长风，九皋万里，海阔天空去。

贺新凉 台君和木庵兄公题仕女图见示，原调奉酬，兼呈木庵

锦瑟音尘静。忒多情、芙蓉城住，凡心未泯。天许刘郎重缱绻，留与丹青画本。只云鬓、依稀堪认。鹍鸠声声冬青茂，更兰荪留得春晖永。聊慰此，莫悲哽。

姮娥只憾青天迥。照人间、金猊宝鸭，焰消香冷。诔玉有情诗千卷，环佩归时记省。奈落月、梁间俄顷。赢得鸾胶今已续，况织缣咏絮才情敏。休仿佛，个中影。

以上《椿荫庐词存》，1918年铅印本。

杨述章

杨述章，字绮尘，长沙人。易顺鼎外侄。有《云想山庄词集》六卷。

风入松

一宵风雪草堂春，愁思逼江城。垂杨不碍天涯路，问杨花、多少长亭？湖水平时人去，楼云深处苔生。

钿车纱薄不生尘，林外有啼莺。游人不识春深浅，更商量、酒榼簪缨。莫唱祝英台近，宝钗桃叶清明。

一丛花

吴门顾二娘，善制砚。宜兴黄莘田赠诗云："一寸干将切紫泥，专诸门外日初西。如何轧轧鸣机手，割遍端州十里溪。"传为韵事。风树亭主新得制砚，属题此词。

云根亲拾落花红，纤手试吴侬。专诸门巷秋风早，检春愁、巧印双弓。墨影笼烟，机声觇月，诗唱小玲珑。

日斜庚子客匆匆，空赋紫夫容。兴亡莫证三生骨，有词人、头白重逢。井水浮天，甓城拥雪，望气起虬龙。

鹧鸪天

玉雪吹香袅上京，钿车风急太盈盈。蛮鞋短袖青绫薄，亲折秋花作小名。

闲理绣，坐调筝，月明如汞话倾城。温柔有地堪埋我，甘隶妆台了一生。

点绛唇

小小桃花，绣帘风动吹残处。燕儿莫去，去便卢家住。

看汝新妆，看汝西楼步。看汝弯弯眉妩，一夜菰蒲雨。

凤归来　自度曲

玉宇涵秋月，一星镜边埋赵瑟。楼底锁秦筝，欲将消息寻他说。难得，亲见能倾城与国。

因风䨓鸾，总不明、两心闻折柳，双鬓忆停云，一帧泪香消帕色。呜咽，眉上花魂心上血。

菊花新

渺渺断沙天欲暮，人在虾蟆陵下住。白夹少年行，依旧是、月明来去。

重来萧寺无秋树，忆那日、摊经何处。槛外一萤孤，剩划地芦花深雨。

一络索

湘水洗空秦赭，祖龙雄武。难存几点打鱼灯，留万古、君山罅。

云笛不知春夏，月明锦瑟。归来九疑南望极，苍梧斑竹远，灵旗下。

风入松

琉璃不脆彩云寒，门外即秋山。湘裙九叠湖心草，记思君、粉蝶同还。刚落泥金旧扇，重添珠翠新环。

马樱芳屋两三间，长自住红颜。神仙若有鸳鸯枕，更何妨、一宿邯郸。闻道玉虚宫畔，铢衣犹动姗姗。

木兰花

木兰花发征车歇，问讯明驼当日别。羽书昨夜绝天山，铁甲未消寒柳雪。

平林立马林风灭，辽鹤无愁城上月。不思腰印早封侯，宝刀双锁连环结。

贺新郎

雨色万山起。怅依然、宝玦长镵，左徒诗史。太液甘泉无尺土，谁见眷红眠紫。任蔓草、五侯门第。从古福才难共命，况关山满目风云里。刘与阮，清狂似。

何须招隐怀园绮。吊平原、野巢狐兔，韶华疾驶。身后身前供一笑，莫问桃花甲子。待空惜、南天花蕊。春又飘零秋又老，只年年破帽歌吴市。公等在，亦如此。

定风波　（二首）

真诰双成授宛妗，五云楼阁紫芝生。闻道玉皇香案侧，亲说，仙人好好定倾城。

手把冰壶骑白凤，风重，铢衣飘带海中行。桂殿月来谁与共？夜送，传书天外梦瑶笙。

早早西风上翠楼，洞房初静冷温柔。划地篱花无恙白，霜色，秋风先上美人头。

妾愿苎萝村里住，休去，吴王歌舞越王愁。莫笑英雄甘一掷，谁识，虎丘门外一孤丘。

江城子　秋海棠

女墙三尺夜重重。两三丛，断肠红。魂是秋云，骨便是秋风。已分伤情休怨别，寄不去，旧时容。

芳心一寸暗相通。晚凉中，太匆匆。多谢相思，憔悴瘦于侬。此夕月明双翠袂，泪莫上，故园东。

丑奴儿令

一年一度愁杨柳，四壁春声，四座春情，笑折春花插凤笙。

墨珠吹落人天怨，秋雨词名，秋雾诗名，团扇书愁乞食行。

生查子[①]

斜月雁流天，可惜红衣迴。禅榻最凄凉，乱上银箫影。

明镜少年心，半臂怜侬冷。高阁好梳头，四面青山顶。

清平乐

绿帘一面，侍汝侬应愿。不是华严灯下见，认作海棠花片。

别来人去香帏，湘天莺子云飞。好拾明珰翠羽，枕边明日春归。

珍珠令

千山暮雨千山鸟，春去了，人禁老。蘼芜道，缘甚笑飞花，

① 原题《卜算子》，据词律改。

缘甚花飞太早？

莫到临邛琴已杳，不见月高窗小。毕竟鹧鸪忙，啼春林表。

虞美人

鸾梳巧掷连环玉，镜子层层曲。笑他高髻接云寒，料理春愁三月比花残。

佯羞不厌千回语，裙衩风飘处。碧桃开后又清明，为问西山眉黛几时晴。

丑奴儿令

鸾鲸换劫心中事，酒是诗魂，诗是愁根，莫惜风华莫惜名。

鸟啼不管西山晓，花落江陵，月落黄陵，更问千秋几美人。

台城路 题冒巢民像砚拓本

风尘故国遗民泪，凄凄影梅生死。想像当年，画船箫鼓，老去伤心而已。银钗墨气。况半壁河山，狼烟乱起。莽莽新亭，万年水绘故纨绮。

回头旧园浩劫。问江南几见，无愁天子。千古奇才，文心草草，也付红妆青史。苔花渍紫。吊珠月禅心，僧衣名士。赞佛清凉，夜萤连石水。

卜算子 （二首）

郎是小桃花，妾是桃花雨。昨夜春声绕画屏，春是桃花主。
宝马不归来，立损梧桐树。一片寒云一片愁，愁听东家杼。

青玉案遗君，曾照同心影。莫向风前咏四愁，人卧江南冷。
生悔画夫容，劝汝秋魂醒。一桁罗帏各自凉，络纬啼金井。

风马儿

秋心如蝶下盈盈，看云也行行，雨也行行。锦枕无眠，相约数冥冥，明明。

雁声吹梦一城城，又山也生生，水也生生。飘到玉钩，来赠与卿卿，轻轻。

摊破浣溪沙 题会春园砖拓本

湖水消香吊紫微，马王宫殿佛灯围。片甓总传亡国恨，九龙飞。

凤子不来山寂寂，石光愁冻浅苔稀。愿祝小东人再世，月中归。

江城梅花引

一秋幽怨楚天遥。卸银翘，寄银箫。悔向女墙，墙下种芭蕉。燕子北飞人又去，比前夜，看双星、过鹊桥。

鹊桥，鹊桥，隔层霄。雨又潇，风又飘。过也过也，过不了、思汝今宵。数到五更，三点百宜娇。若许临邛同赁酒，仙与福，有才情，能□消。

点绛唇

蓦地帘声，枕边敲断梅花梦。错疑他弄，乌触银钩动。

妾抱冬心，郎是春心重。钗头凤，前年偷送，珠被新承宠。

唐多令

山外下牛羊，斜阳带水荒。吊金蟾、啮锁烧香。一径长堤千里草，吹不尽，去年黄。

今古一杯长，何须赋断肠。看乾坤、哀乐茫茫。昔日种花人不见，花笑也，为谁忙。

减　兰

竹枝个个，戳透纱窗和月破。月上无眠，我是三生跨凤仙。

三更月落，黄叶夜深飞草阁。明日生涯，重向秋郊就菊花。

满庭芳

(篇)[觱]篥鸣愁，逊逻语别，写来月月烟烟。莫将零泪，弹向桂花边。万一嫦娥见了，怕重话、金粟生前。秋帘外，吟髭撚断，推枕夜无眠。

缠绵，浑不是，花间乞活，酒畔流连。只茹愁黄蘖，说偈红莲。闻道樊川瘦损，江湖远、凤鸟鸾笺。三更也，阑干叠叠，银雁蹴筝弦。

贺新凉　赠陈伯弢

仰笑冠缨绝。寄飘萧、短檠词笔，酒霜衣雪。涉世高歌今未老，负了金门华发。空感怅、莺离燕别。欲访渔郎重系艇，任桃花万古春愁彻。谁侧帽，蹇垂策。

红楼莫记箫声歇。莽天高、桂旗风转，鸥惊云灭。绝代高华秋水绿，枉教弄珠人说。君不见、岭梅花发。何日三间祠下去，怕倦听孤雁长听鴂。诗思落，鱼梁月。

减字木兰花　题凤英像

凤音鸾影，冰镜入奁瑶佩冷。英气平生，昨夜寒星合是君。

小桥桥畔，秋色西湖分一半。照汝飘零，笔上无花写洛神。

点绛唇

金谷筝空，玉楼人语怜春晓。十年歌杳，不上桃花道。

笔上无花，知否江郎老？千山鸟，一行春草，先到江南好。

以上卷一《款春曲》

南乡子 题程穆庵灵岩垂柳图

愁梦两扶摇，一片春情惨不消。割取云腴谁赠汝，迢迢，浊酒清歌忆板桥。

去国夕阳遥，黄鹤飞空万里招。写出芳菲时节影，娆娆，寒食东风送六朝。

前　调

风笛故(围)[园]情，浩荡春魂比叶轻。绿水红灯愁不了，盈盈，残月新词似倚成。

绮思定前生，万劫枰枯(贬)[眨]眼惊。一自官河归去老，明明，浪涴春衫咽早莺。

临江仙 （三首）

灯角细窥花腆腼，粉香遮断蓬莱。早冬幽雨泣莓苔。愿持双雪泪，留待海东回。

人世百年如中酒，强将颜向花开。燕儿西去雁南来。自怜鸳枕误，不敢说心哀。

宝镜看人多聚散，不如枯木残枝。一年春早换芳时。髯天成恨海，火宅即瑶池。

旧约兰荪空作赋，此才除是花知。断无香梦到胭脂。碧湘魂荡漾，金屋夜参差。

竹色暗飘凉到屋，谁凭罗帐温存。凤思鸳想半无痕。一天梅讯两，寥落独关门。

条脱也同金铸错，余生偷种愁根。合欢眉影漫重论。定知终有别，何必说消魂。

河　传

天上云放日迟迟，桥外花明马嘶。一山女萝歌竹枝，谁知撷芳遗所思。

兰麝罢，薰衣压蝶。心上血，空染连环玦。望潇湘，春水长，茫茫，落花鱼过塘。

鹧鸪天　（二首）

犀□鸳梳想旧缘，无多芳草意绵芊。桐孙发后靴纹水，燕子来时卵色天。

歌滑滑，语娟娟，菜花风起客归船。斜阳自是齐梁影，不照流黄锦字边。

小小江南有莫愁，笼灯谁见石城游。不堪春水桃花梦，黄竹朱桐隔一楼。

帘子密，月儿幽，十行银甲拨箜篌。潇潇一夜菰蒲雨，未必江郎尚黑头。

减字木兰花　（二首）

碧城十二，有个仙姨名小翠。香绾朱蕤，刻骨相思世不知。

镜边珠靓，采采夫容曾一面。燕语新年，偷傍灯前只嫩烟。

玉烟春早，香屧来时音悄悄。若说无缘，共倚银床听雪眠。

紫罗衣背，神女第三君更媚。来是空言，梦断蓬山被不温。

谒金门

云散地，空认锦匀香腻。惊唤玉鹦红杏里，心情谁料理。

莫惜绣襦抛坠，莫惜翠环敲碎。只惜看花无好计，背人偷觅意。

天仙子

报到归期君不省，乳燕一双花色暝。画眉深浅入时难，春满径，无回信，芳草也同依薄命。

长笛乱山骑马听，夕照倒生河上影。云不定，愁相应，休向杏帘来错问。

桃源忆故人

泥金扇子泥金凤，昨夜月边香重。不识押帘愁重，只觉眉心动。

天阶一叶梧桐送，何处忆秋人共。玉瑟十三低弄，秋思黄云陇。

虞美人

蝶边迤逦春无息，笔扫风雷力。栖鸾休认女墙低，领取江南眉月不如归。

星稀夜欹绳床坐，何处安排我。切云冠子故依然，故国花飞谁管一楼前。

台城路　怀曾重伯上海

一花天外离魂断，诗人去国帆暮。月剪淞黄，云消楚碧，都付哀蝉凄诉。青陵古树。怪煮梦楼台，暑深惊曙。海上鬟娇，侧帽擫笛几豪绪。

香南雪北何处。吊仙山莺影，飞倦霜羽。酒色围愁，筝音写怨，早被鸣珂轻误。玉莲烘雾。算才气江关，绮罗尘土。我亦飘零，一丝丝泪雨。

阮郎归　和诵帚

横琴轻薄坐花间，春长窥燕还。待他眉妩怯幽欢，马嘶迟酒幡。

牵柳线，掷榆钱，弹肩方绣闲。春云三叠入湘天，君归红豆残。

鹧鸪天　和白石

昨夜天街锦络垂，月来人隔柳僛僛。玉台不受夫容偈，眉语春痕一问之。

愁宛若，夜凄其，碧漪池上落花枝。梦中那认江山换，居处无郎两不知。

玉楼春

湘皋月坠香猊睡，梅小柳悭双响碎。水边窗镜得春先，休为伤春迟解佩。

板桥六曲空沉水，梦里红儿思笛吹。石湖风景异当年，枝沁绿筠天亦醉。

虞美人　和宝权

软香破户笼衣罅，白凤凌风下。草枯寒雁任遨嬉，折得一枝梅蕊背灯思。

凌波鱼藻无声息，窗黑寻寻觅。此身应侍女贞花，消尽东西南北四魂些。

鹧鸪天　（二首）

悔向轮回着此身，九天功德不生尘。维摩法喜俱无障，欲问金铃解系人。

看水月，万般新，法华东渐梦非真。云扶海泻无边恨，香散花飞各自春。

金粟何年幻此身，通灵犀不辟寒尘。清凉即判眉边界，待觅仙山慧业人。

空默记，写愁新，枕屏丛菊见天真。密严本是多情语，法苑能回大地春。

淡黄柳

风前试马，城北梨花陌。醉后诗成歌不得。放眼千山雨竹，多少长亭管离别。

又凄恻，鸥昏傍水国。碧湖杳、故王宅。正春寒、卷入花心色。起看阑干，向人低转，还认梧桐洗碧。

朝中措

春寒坐雨闭门居，新梦十三余。谢汝残红落入，枇杷树下窗虚。

采香珠远，鸣筝玉腕，解佩灯孤。惆怅絮飞东阁，娉婷画总难如。

忆秦娥

清明节，一杯劝了云和月。云和月，离离黍稷，白登宫阙。

晚梅红泫枝边血，江南昨夕长亭别。长亭别，婵娟千里，伤心一色。

鹧鸪天　和诵帚感事

亚字阑干卍字棂，十年莺篋委香尘。红盟翠誓天难问，莫借秋心饯菊魂。

哀窈窕，叹纷纭，香衾和梦不生温。铢衣画个连环影，多恐萧娘未忍薰。

虞美人　（二首）

鸾衫凤舄怜香息，瘦损春人力。井梧霜叶入楼低，奈是玉钩风急雁将归。

云天月地摊经坐，心境双清我。歌衫词笔两飘然，惆怅东南酒意落灯船。

水仙花畔帘纹息，波卷回眸力。一天蕉雪比人低，闻道小鬟阶下抱瓶归。

江城客散拈梅坐，瑶瑟仙迟我。优昙禅鬓暗萧然，依旧雨笼青岫月笼船。

秋 霁

此曲度自胡浩然，赋春晴，名《春霁》，赋秋晴，名《秋霁》。本阕赋春感，因次梅溪韵，仍书《秋霁》。

江燕归来，道俊侣飘零，卧寒春色。雨喷岚疏，月淘翠皱，废园更添愁力。独持将息，酒香不上春袍碧。感旧国，唯有厌歌辞舞，倦游新客。

应念影瘦，玉井红深，问花何愁，无奈凄寂。碎芳心、春魂宇泣，楼高先上朔云白，梅叶可怜青绽得。且慢来问，收拾古恨今悲，听泉东涧，洗桐西驿。

七娘子

云屏夜冷山明灭，香心熨损胭脂雪。莫上萝亭，霜吹微月，青天一寸夫容阙。

咸阳古道风沙烈，秦台凤去生离别。万里清秋，百年尘劫，银钩敲破珊瑚玦。

凤衔杯

冷萤沾露照衣秋，却不劳、丛桂淹留。少个影儿、偷傍月中楼。花下笛、柳边舟。

思往事，水长流。到如今、零泪箜篌。空把故朝清怨、上心头，独立白蘋洲。

好女儿

绿尽鸟声残，秋老送轻寒。又到平芜新雨，锦瑟不堪弹。

劝莫倚阑干，一向觉、天妒朱颜。东窗今夜，堆成蜡泪，即是关山。

小镇西犯　题东莞邓尔雅藏明邝湛若唐武德二年制绿绮台琴拓本

龙池过雨，看冷冷摩透。伤心听、献陵春漏，流风久。叹霜寒化碧，水涸吟红，飘愁记否？天随剩，七弦偶。

思前后，桑田真万境，痴争呆斗。料当日、绿衣人瘦。定翘首，况堂空海雪，台绽丝冰，桐焦如旧。兴亡幻，今还又。

木兰花慢　次宝权泛舟韵

正望衡九转，过极浦，下秋澜。似若有人兮，灵修被荔，独啸湘天。荒山，已无净土，问琼楼何处泣蟾圆？老我旗亭去日，输君彩笔华年。

愁端霜蕙陨孤妍，谁忍鼓冰弦？又忘归、澹远风舲桂冷，水槛苔溅。虞渊且休痛哭，怕洞箫吹夜鹤飞闲。莫向湖烟诉恨，山腰榴火红然。

浣溪沙

谁道婵娟不可怜，淡罗衫子艳阳天，眉尖小小背花前。

着甚来由窥玉树，断无消息蹴金莲，闻声惝恍况缠绵。

朝中措

梨花牵梦玉奴归，倚阁湿香飞。共道翠尊无主，半帆山月天围。

伤春顾汝，愿将花片，堆作楼台。寄语鸳湖新燕，莫衔瑶怨飞来。

风蝶令

露砑银笺薄，云摊玉几斜。绿茫河影落衣纱，不是合欢人折合欢花。

芍药空翻谱，梧桐或见家。炉香沉水泛天涯，化作赤城千劫一重霞。

八声甘州

正密帘风倩悄无人，推幕暗看灯。又蒙蒙邻笛，玉梅飘落，思与天清。莫怨津梁新柳，幽碧夜峥嵘。睆晚知春过，凉企兰馨。

待把云笺写恨，奈动定芳期，燕寂莺冥。漫依檠觅梦，清梦更无凭。浑不是、昙华误我，却生来、无福礼倾城。试问寒池过雨，可识诗情？

梅花引

檐云静，衣云冷，魂兮归些清湘影。风潇潇，马萧萧。怀佳人兮，千里路迢遥。虹边待寄兰苕月，翠管银沙声断绝。想温存，悔温存，早是斜阳啼鸟闭朱门。

秋亭角，秋篱脚，小楼往事情如昨。心明明，意明明。已无花径，何处看苔生？香罗凤尾麟为带，玉宇琼天安可待。菊花枝，桂花枝，独立秋菲清妙惜芳姿。

虞美人　和诵帚病中韵

秋尽词人愁小极，蝉蝶无声息。藻边鱼影上凉桥，闻道秋怀如霰隔灯消。

高歌青眼君休误，枉盼寒星度。菊花垂老渐成尘，同是江关摇落过来人。

采桑子

一天雨过新蟾吐，人是秋魂，秋是人魂，各抱清寒上玉琴。

云弦总诉湘姨怨，眉外烟深，烟外眉深，薄命何曾判古今。

菩萨蛮

绿绫窗子冰梅格，冬心又共横江白。风定烛迟迟，泪深花不知。

花天鬌影湿，夜夜眠文石。负了少年情，莫教侬再生。

惜芳菲

桃花未见，梨花半面，何事别云西。不信天涯，带将愁去，偏是补萝时。

伤春说与，木兰舟上，独立落花迟。京洛亭亭，清宵千里，残月有谁知?

鹧鸪天

握手西风玉一床，夫容塘外又轻霜。江楼粉蝶如相问，为过云荒与海荒。

知命薄，悔情长，夜深偷湿枕头裳。莺坊雀桁都如昨，莫向梁家说断肠。

贺新郎

梦醒瑶天蹇。问婵娟、万古千今，几多凉怨？镜海心潮俱恍惚，不是翠消红敛。刚破取、梅花珠面。眉角玲珑香抱骨，有疏星三五枝头见。何事坐，早寒浅。

垂灯弄鼓俱空衍。忆来时、锦幄春温，枕霞生脸。人道倾城难再得，真见玉楼尘掩。休絮话、云长月短。银雁流天干叶赤，对东风不解支颐倦。阶下白，此心远。

点绛唇　次瀛石韵

玉简传秋，花簪黄亚连芳宴。画中晴甸，鹤上知仙观。

酒谢杯荒，病感前春半。君吟健，叶吹红乱，唱尽平沙雁。

南乡子

芳意待秋收，一夜秋吟上橘洲。柳尽花稀秋那处，悠悠，秋水依然绿鸭头。

问酒倩诗酬，无雨深堂亦感秋。之字江流人字塔，搜搜，我与沙鸥一半愁。

风入松　凫衣招饮赋酬

山曦断雨楚天长，花暖帐迟香。诗巢说与行秋禊，看分明、雁白云黄。忽现金函宝月，同斟玉水珠霜。

十年消我作清狂，愁更过冬郎。多君吞吐朱霞久，寄遥思、画幌琴床。待话风池丹掖，难忘海绿生桑。

相见欢

相逢欲说相思，又迟迟。可奈灯前无那立多时。

酒和泪，咽还醉，正迷离。已是夜阑人去马长嘶。

归国谣

新绿，玉色晓天涵嫩竹。粉香多散金屋，绣帘风逐逐。

鸣玉野楼溪曲，水生横秀目。折花飘堕红簇，问年刚十六。

临江仙　修梅室听曲

窗角玉花风不定，乱愁云子依稀。石杯如海搏寒飞。料量芳草外，春极酒人归。

莫道雨丝能织恨，残春歌入清帏。醉魂遥赴北山微。笛声珠作屑，吹醒渴龙围。

朝中措 题绍周画柳蝉

破空蝉语画天凉，魂断柳丝长。忽忆平生石帚，西风消息商量。

伤秋似汝，已经飘泊，莫怨清霜。早损十年英气，夕阳何处齐梁。

鹧鸪天 （二首）

的的残枝见小梅，又安笔砚动风雷。听心不改芬陁劫，春木巢多燕子回。

东涧竹，北山莱，略持冥想入沉哀。河头照面知余老，眼角轻云白又开。

玉净珠明证六天，画禅相烛此心边。遥知咏絮清才发，拾起湘流屋角烟。

参镜月，左芬传，北堂春满绣灯前。他时愿借生花笔，更与贞林写一篇。

蝶恋花

翠盖招凉红一角。石态亭亭，酒雨香缨络。楼外断虹楼下壑，竹栏面面风荷落。

残醉欲寻深夜昨。水净花空，烟际飞孤鹊。寒月穿灯迟绮阁，灵嗟鬼哭花知错。

鹧鸪天

枝上流莺马上身，一般清丽两般春。雪阴悄悄红无地，但解低回不作嚬。

山色密，水纹皴，漫劳星月写清尘。落花总上离人目，半是江南雨后痕。

鹧鸪天　题画（二首）

断续春光又一时，此情可待画中知。石寒芝老愁薰染，几日东风怨与期。

斑竹冷，翠尊迟，好云生处水仙祠。何当隐几看山老，更折微酲看好嬉。

不记江南雪一枝，十年幽恨落红知。道将碎玉分明意，来写灵妃去后姿。

风乍起，日初迟，梦回海岳自沉思。多情应是春边竹，可待焚膏补楚辞。

前　调

晚菊枝枝上玉盆，妆台吾老隶何存。可堪欹枕银灯侧，冰雪聪明露一痕。

簪半落，酒初温，绮罗生小出蓬门。竹炉火歇金猊冷，不识梅身与月魂。

桂枝香　题向复庵藏清德宗内廷如意馆画扇

残纨浣泪，拾青羽金门，天回心碎。粉劫脂愁逝矣，宣和沉水。九华醉后惊秋变，别瑶京、比人憔悴。晚宫萤影，甚时重扑，月边红坠。

又何惜、天风琐佩。是婕妤初赋，玉环曾寄。太液烟飞，叹汝飘零千里。琼枝叠叠金衣腻，转光明往日清闷。缪家遗韵，秋滋细蕾，换来何世。

蝶恋花　偶与宝权、秋涵合作山水，附题此阕

古木白缄天一寸。万恨千愁，未必鸦衔尽。秋到小溪人影并，晚风亭籁时相问。

竹气翠涵眉色润。水面冠裳，知否多诗讯。画外小山连袖近，何年说与秋来应。

台城路　送刘白云之云南

孤帆又掇滇池雨，骊歌正逢花晚。锦笔量愁，金壶判影，湘碧劝君当剪。山冥幌掩。料丸佩龙鸾，不辞清簟。挥手灯湄，夜凉鹤举待云卷。

沩灵故里久眺，雾丝方织恨，玉屏无限。鸽眼添煤，凤头

滴炬，绮结文章宛转。寸心何远。盼年少江郎，横簪茗荐。待说鸿归，妙香情未敛。

临江仙 立春

春到隔年梅早放，小炉寒压晨飔。绿鬟空盼踏歌归。凤飞还舞烛，龙蛰已惊雷。

荐果劝君如意子，有谁同向春期。长安赐酺太平时。不堪宫里雪，莺叫上林枝。

蝶恋花

负尽鸾床抛象笔。肠断西风，不改黄花色。莫上层城劳目极，寒林深院纡霜日。

浅月笼愁无气力。忆否云鬟，忆否听歌迹？岁岁题糕秋梦寂，残鸿夜夜秋消息。

寿楼春 集芋园寿董香光

寻花阴平泉，有人遥寿古，伤比春先。况见清光濡墨，伐珉钩镌。风压帽、云穿帘。看鬓丝、禅榻依然。料盏涸欺莺，窗低洗鸽，不是庾郎年。

停藜杖，擘波笺。忆山飞画雨，月冷波烟。试数华亭幽梦，侍儿娟娟。欹枯竹，拍香肩。定江南、重鸣神弦。奈乔木参天，千秋不迁惟墨缘。

乌夜啼

昨夜烧灯人散，今宵洗酒云过。横阶惊月迟迟下，丛桂小山多。

瑶怨莫随春暗，绮思深共花磨。踏歌不似长安盛，天宝旧宫娥。

鹧鸪天

山阁添光感淑融，嬉春人意荡于蜂。湖边尚记遗钿梦，灯下如窥解佩容。

斟酒蚁，笑书虫，香缘花偈两离悰。杨花未落春犹早，人在蓬莱一万重。

青玉案　辛酉人日，和纳兰容若辛酉人日韵

颓城日丽杨枝软，着意倩、春难剪。心共梅花残岁远。放灯清夜，买饧花市，没个银翘颤。

江山总不知魂断，依旧波寒和黛暖。人事又随青鬓换。水楼风暗，草堂烟暮，莫问乌衣燕。

贺新凉

梦入湘筠杪。坐今年、铜龙泣漏，玉虬催晓。柳月依然人

万里，愁比元宵还早。更莫叹、朱弦丝绕。春上心头成画影，莽南天不尽纤云巧。算打叠，弹词料。

书生休计毛锥笑。感机中、长论锦字，水仙双照。冻合玉楼寒舞雪，头白洞庭山老。领一夕、红环粉抱。岁岁葭灰吹黍谷，盼梅花早寄江南好。幻茶趣，写诗稿。

菩萨蛮　舟中书所见

江推峭石穿篷牖，落红点点如灯走。醉听竹枝歌，山中生薜萝。

移帆流古月，夜冷冰泉咽。转入洞庭烟，酒香鱼傍船。

临江仙

帘外月凉清沁骨，算他秋共魂清。小楼西去雁南行。愿随花再世，来结石三生。

偷向女鸾床上看，霎时颦笑光明。雪肌真似海中晶。银钩抛绣幕，旁有凤鞋横。

高阳台

宿影梁尘，寒魂屋月，雪香芳信华年。绝代仙才，输他眼角眉边。闻声已是相思地，怎相思、不似秋烟。抚哀弦、泪落尊前，故国山川。

罗浮总比瑶台近，问何时骑蝶，来下琼天。那处埋愁，鸥波暗写词笺。倾城若寄菱花照，苦修罗、长证秋禅。总缠绵、君是春莺，我是春鹃。

南乡子

十刹会元灯，花现优昙有劫生。拾翠似闻窥海月，声清，羽佩招鸾下赤城。

我亦絮沾尘，曾坐香天拥麓层。早识凤飞桐半死，神惊，辜负银河乞巧星。

虞美人

遥空云子和天冻，花事轻轻送。等闲蜂蝶莫相猜，犹有小桃篱外不曾开。

雕阑没计看传烛，曲曲春楼曲。昨宵风起着红溪，又见烟笼寒月十分西。

风入松

湖烟相待早梅天，肠断万婵娟。阶边绿暗无多草，温馨梦、春在人先。冻蝶不惊初雪，闲禽犹认重泉。

屏回山枕故悠然，说与鬟云前。明朝怎禁花余几，依然是、柳瘦桃恹。人事莫须伤往，世间那见飞仙。

临江仙

忆昔银床连玉臂，夜来亲问衣单。碧窗回照一枝珊。梅开天窄窄，银碗嚼冰寒。

又是一年催腊鼓，铁瓶黄菊方残。月心深印到红颜。早知侬命薄，长把玉笙闲。

以上卷二《怀兰清弄》

临江仙　辛酉除夕

梦断层城汉苑，心伤明月胡天。略持椒酒泛炉烟。风情无分老，花信不如前。

鸳甃偶余残雪，螭瓶犹拾寒泉。晚云吹冷白梅天。呼儿燃爆竹，阶下落金钱。

浣溪沙　清光绪三十年升官图博具

卢雉珠玑任转旋，鸣珂声在五云边，级山综错近诸天。

春草诗歌悲大历，秋烟袍笏感贞元，可堪象齿亦焚煎。

鹧鸪天　壬戌上元

宝马无缘梦见之，市灯初散夜葳蕤。银花不是相思木，莫遣春魂背月飞。

缨络现，锦纹垂，狮狞虎吼不同归。开天盛事君知否？独卧荒城柳十围。

虞美人

文阑春浅琉璃雨，短鬓悲清俎。入衾佳思本沉冥，况更芳情寥落比晨星。

人天一刹风轮转，清泪知谁泫。懒随寒蝶觅香痕，不道花间犹有未归魂。

鹧鸪天　（四首）

兰菊无端未了香，料量春恨比秋长。此生隔世何须问，一任空花影事忙。

知我老，替人伤，玉怜珠惜太微茫。风云才略琴箫意，同对妆成哭海荒。

楼角驱灯仗酒围，略持春力憺忘归。香兰自照生前偈，多事风华落九微。

观约约，想非非，杯边新雨挟尘飞。海天兜率无多地，不遇麻姑水不回。

香雨飘萧玉一枝，我无才思绾冰丝。不关空色三千界，劫外恒河骑省知。

珠作粉，露为脂，细愁如月故迟迟。天涯自有桃花路，且擘新橙试鼓词。

琢意牵裾话未休，银筝玉瑟两悠悠。绝怜乞活花间客，惊起寒星过枕头。

长太息，久温柔，醉中听雨不闻鸥。菱枝桂叶真如梦，顽福何曾遍九州。

临江仙　（二首）

海水沾心真不定，羌无佳想温存。香南雪北有词魂。国香原未尽，万一落愁痕。

小别不堪成薄幸，久知轻负兰荪。镜边眉语漫重论。此身如作絮，随雨入蓬门。

绀翠缕红都皖晚，只他容我痴呆。春深城角费仙才。魂清真比雾，心死渐成灰。

亲许酒回妆阁坐，不缘花孕奇胎。玉遥无影与徘徊。绵衾如水泼，环泪阻灯台。

鹧鸪天　紫藤

有个盈盈托紫云，石坞风起不生尘。闲香冷麝东南尽，说与天音总莫闻。

思掩却，见平分，繁英安共落珠裙。平生不识流苏误，铸恨依然梦想君。

临江仙

皱水小塘新上翠，起看鱼负萍行。曲窗虚障傍花明。梦消三楚月，魂冷六朝灯。

海燕有缘应识我，不知何世柔情。几旁云堕错疑晴。放歌天地窄，琼语厌平生。

踏莎行

夕照红干，新苔翠润，杨花划地知春近。香消罗被未成眠，悬知海月窥无闷。

扇佩分珠，屏纱贴莹，云罗万里眉三寸。梦儿搓碎不重来，赤阑桥上红鹃听。

满庭芳

唼水鱼肥，添泥燕小，雨余山石黄圆。酒寒冠侧，飞絮渐生烟。佳丽西河意远，缘何恨、翠泣红溅。知春倦，分灯草草，凝想五湖船。

芳年，无续处，柯亭劫影，又叹秦椽。况麝尘香古，螺镜诗前。惭愧红妆青史，轻弹泪、雁柱龙弦。高歌去，犀帷不见，知否对花眠。

点绛唇

眷气兰芳，等闲费却珠萝事。枕屏春起，花脚消铅泪。

薄福书生，不受相怜计。明湖地，这般衣翠，难把眉云寄。

琴调相思引

海雪华严镜里身，一分春印一分颦。挼香珍重，曾压玉葳尘。

花瓣只应依阁泪，酒边新意照如晶。许侬亲拜，长作羽琇人。

点绛唇

丛桂堂空，听荒山雨来呼酒。蜡盘珠走，汝漫歌垂手。

小别瑶阶，一夜春归柳。君知否？俊游我又，不怕莺儿咒。

鹧鸪天

晚薄红云不上寮，一分秋写十重娇。难忘握手东桥日，冷露揉香落翠翘。

仍自别，许相招，梦回清海入灯潮。胡尘不压嫦娥笑，桂阙高寒去独遥。

浣溪沙

幽户无端送酒云，画中相对一星痕，晚来天暑不宜裙。

发外暮山浓似墨，心边微浪淡于金，欲拈香草寄湘君。

清平乐 梦中得句

枕横钗凤，泼地霜如汞。琼岛青芝随海种，忽忆夐天清梦。

梦中山月微黄，罗帏那识云长。起看寒星浴水，一龙飞过东墙。

鹧鸪天

独上层城泪不干，东来风雨鹤先还。红心细草人千里，灯尽长安劫亦残。

情曼曼，忆姗姗，乱鸦衔恨二陵间。忽觇芦雪知余老，黄叶萧萧自掩关。

前调 听雨不寐

小阁招秋坐夜尘，山愁清雨水愁云。枕边亦有陈人感，绮桁朱丝一梦真。

花作枕，叶为茵，嫣香流碎净无垠。空阶浅浅霜何处，玉袂新冬总不温。

菩萨蛮

雾丝直颤花光隔，纹漪风碧流清色。绮箔断遥思，长干书到时。

茜罗双贴凤，背影红蕤动。梅冷石圆天，人闲愁几年。

采桑子

紫烟池上夫容冷，云色趍西，月色流西，不道韦郎梦也稀。

应怜锦绁余香借，眉比山齐，山比眉低，明日黄花一蝶飞。

喜迁莺

夜杯清，花面倩，秋蕾抱余黄。娟娟新语响珠房，容我挹轻凉。

风转高，云不灭，莫把旧欢重说。流天寒雁暝湘天，蘋起一行烟。

赤枣子　（二首）

秋去也，忆姗姗，一掬寒泉一寸山。想见玉楼珊佩响，断无消息白云间。

秋去也，月行南，麓翠横吹晓作岚。想见九天清瑟迴，散花身手恰行三。

更漏子

早梅天，人不见，迢递玉天珠面。飞海雁，转江风，乱流千叶红。

鸾被薄，烬灯落，残梦水仙花角。吹暗泪，一丝丝，绿消冰上枝。

鹧鸪天

绿雪清词沥耳真，落红原是再来人。流天银雁沉杯底，嫣笑仍回渡海春。

三昧月，六根尘，枉将风骨媚苔茵。明明琐骨梅天窄，翠羽双飞隔一津。

卜算子

红是镜边云，翠是奁中黛。翠贮红藏不肯消，约约飘裙带。

身在玉台东，心在金杯外。起看寒光乱上眉，花雪天人界。

点绛唇

竹涧凉生，晚萤一点成秋意。玉帘轻启，缺月孤星缀。

昨夜箫清，有约云吹袂。婵娟泪，暗飘莲翠，冷入鸳鸯睡。

鹧鸪天　题弘度书离骚经

万古幽芬万劫身，高丘独立上心真。一行烟液游天去，山鬼来时雨欲昏。

君蹇蹇，女申申，蓉裳兰佩亦清尘。如何屈贾英灵似，一是仇秦一过秦。

卜算子

醉醒石边苔，睡倒梅旁树。片雨丝风我不知，梦采夫容去。

去也莫须愁，来也浑无据。海月模糊沁我魂，白雁思君处。

高阳台

玉曲虹天，珠流雁水，窥人缺月三更。莫惜光明，芳心怎似波平。沉思倾国原多事，只秋飔、解识余情。鬓纵横、昨夜银堂，冷冷钗声。

他年铅泪知谁着，料清狂不再，粉蝶无惊。海色红帘，谢他花色如晶。聪明似我终何用，伴妆台、赢得词名。一萤行、西北云娇，愿乞长生。

鹧鸪天　（二首）

梦里清虚写不真，故园消与去年春。鬘天总惜通明影，此是旗亭劫后身。

元发减，玉簪新，高楼春早净无因。平生自有崚嶒骨，只对梅花一拜尘。

砚角春生画意温，玉天风袅一丝魂。石湖诗思孤山月，照出江南雪外痕。

窥绚影，识灵根，香南花展玉昆仑。年来渐减苔枝句，莫怨分灯自掩门。

鹧鸪天　和诵帚杂感（二首）

泪尽天人费解因，红为身与绿为尘。近船雨气侵眉润，小小湖波款款魂。

山浅浅，不生云，玉丝金缕一重亲。夷陵夜月甘泉烛，几见宫花照怨颦。

珠箔纤云带鬓分，春归雏燕失温存。定香莫忘贻兰佩，雨太聪明月太昏。

思倩影，别经旬，绿天筝雁蹴芳尘。江皋凤羽劳珍重，未必蛾眉便感恩。

点绛唇　和瀛石韵（二首）

烟液笼花，长安日近宫车远。玉莺泪眼，莫计昭阳伴。

夕殿人空，谁报铜龙转。蕉心卷，上林灯院，去国同孤燕。

宝瑟尘封，柳新花旧人倾倒。酒悲歌恼，记我青门道。

折损春愁，拼入梅心小。孤星晓，染香冰抱，翠桁珠寒了。

鹧鸪天

绿鬓娇春析夜迟，软屏金胜照参差。小梅价重窥红绚，莫惜东风浅雪知。

银水冻，玉山移，细看甲子及佳期。十年漫尽朱弦感，空向春山想瘦眉。

前　调

宝瑟埋烟上小楼，纤云一点旧帘钩。可怜桥断乌飞日，长任天南织女愁。

人已别，月难留，去年曾倚玉搔头。无边秋色无边怨，泪落杯心未肯流。

鹧鸪天

玉袭珠撩小作春，低歌微笑宛疑真。不缘麋骨风情减，雪色晶莹绰约身。

莲井碧，药栏新，胡天明月梦何因？试听叠鼓疏梅浅，亲见龙狮亦拜尘。

摊破浣溪沙

林下清尘燕子家，粉温脂软一重纱。生与桃花相共命，玉叉鸦。

立马大堤新雨歇，听莺深苑晚风斜。不是伤春还郑重，试香车。

长亭怨慢

十发丈自汉归湘，耘桂翁招集城南市饮，时楼中芍药盛开。和石帚韵，歌以佐饮。

正红洗、春云千叠。暖佩分香，散烟时节。一寸楼心，庾郎江国。暗凄切、鹿川依旧，还怨取、星星发。挥手鹤楼灯，应盼断、青芝仙阙。

愁绝，叹芜菁缱绻，多恐乱莺飘没。金消带减，写遥意、上林明灭。趁今朝、雨外衣萝，莫草草、玉杯衔热。便极目觚棱，嫩绿酒悲难说。

徵招　戊辰中秋

扶愁阁望纤云合，溶溶又过凉夕。独影问嫦娥，是何年痴立？入风摇桂碧，恁老汝、人天清泣。银雁衔星，石萤驮露，此情无极。

荒寂看年年，荷衣上、花沁酒沾犹湿。陡起着清光，渺鸾消风息。好秋能得几，半付与、湘南湘北。甚去思、万里婵娟，待乘风何日。

百字令　怀诵帚北平

故乡春早，问梅烟芦雪，几时同落。汉苑层城人万里，多少别情离索。白夹飘灯，青萍草檄，定有唱怀作。远烽天北，江亭一望云漠。

独感昔日清游，东风海甸，花事真如昨。砚玉剑金空怅望，长夜念奴能拨。春老莺闲，宵来蝶倦，卷起萧斋幕。故人如问，桥边依旧红药。

鹧鸪天　丁丑上元

不是梅娇不是春，坐看冰萼玉为身。愁梳短鬓惊霜早，寂寞疏心上雨温。

芳意浅，醉情殷，上元灯火促归人。一天宝月团圆在，雪到湖堤万柳新。

前调　纪梦

扑席冰花又一时，忽惊车钿出清姿。怜他久抱灵芬骨，城角春归燕语迟。

心外见，眼边思，芳年灯讯不相期。凭君老我冥飞怨，劫后江山玉佩知。

浣溪沙

玉管流声带雾飞，梅花如海一魂归，落红身世太轻微。
明镜有心谁是主，锦笺无意不相违，缟衣人去草根肥。

以上卷三《瑶天曼语》

鹧鸪天

第一花枝第一波，月云和雁向南过。白沙黄草迟归马，山石嵯峨想玉珂。

曾握手，识秋多，更听啼鸟唤哥哥。剪刀声里关津道，木叶萧萧无定河。

台城路

泪天花地逢寒食，河梁去年南浦。白雨甘泉，绿华高冢，还忆五陵今古。是何芳树？待觅取灵槎，那时才诉。只恐春深，仙山也化尘土。

红娇一丝没路。正金杯银押，落灯阴暮。结客龙沙，散金莺谷，五百年前曾误。天桥河鼓。早报道眉寒，海风吹遇。起看空山，感人啼杜宇。

摊破浣溪沙 （二首）

报道蛾眉画不成，柳边残月一声莺。吹破玉箫凉楚竹，二三更。

天若有情无别感，相知何必定同心。莫上玉钩斜畔路，已无人。

扫尽春愁比月平，红鸳颜色绿莺名。问道琼枝行第二，镜中人。

一曲会真缘再世，眼中偏合见倾城。留得旧时双约指，指张星。

浣溪沙

四月湖南大麦黄，横塘鱼小喋花香，我家深柳读书堂。

草地盈盈人下马，问年十五芰荷裳，绿杨堤上采桑娘。

满江红

为问浮云，西北去、几多程里？好吹我、海边归梦，翩其仙气。今古逝如风卷浪，天人例誓箫中泪。到中年、生悔白头颅，悲歌起。

洗不尽，眉边字。拔不尽，心中刺。看龙泉双剑，有谁人倚。对枕月明千载鹤，搴裳雨泣三秋桂。苦凄清、空与阅兴亡，真无谓。

太平时

晓日曈曈上茜纱，一分花。两行春影入眉斜，玉鸦叉。
一骑传笺无觅处，锦屏遮。朱樱千里隔黄沙，小青家。

忆王孙　（四首）

春明弦管凤城东，小字分明第一红，玉女灵心托烛通。忒玲珑，万里眉梢万里风。

燕台伐鼓去如烟，宛宛能行是白莲，偷问当年五色笺。故宫天，付与三春蜀国鹃。

太行西去俯岧峣，生把相思誓洞箫，天上何曾冷细腰。忆云翘，一桁瑶池偃月桥。

秦娥声咽别咸阳，露浣单衣第一黄，一夕西风浊酒坊。大河长，空与愁人照鬓霜。

清平乐

残春去国，雨压帆飞侧。梦醒清歌听不得，想芜城山色。
今宵孤枕潮声，满地江湖月明。莫把渔蓑抛却，南来一鹤同行。

玉楼春

天行地轶龙游惯，湘树嵩云归隘眼。朱弦长待绿车回，白首莫悲黄海浅。

锦枕欲寻啼笑远，打叠相思春镜转。闭门不放落花寻，天上犹容侬一面。

清平乐

万千眉语，道我愁无主。回首羽埒山下雨，歌尽高丘无女。

梦中一线云飞，临风结袜情非。莫道传笺未晚，扪萝南国人归。

临江仙

野草青青青不了，门墙万点霜鸦。六朝山色入衣纱。英雄如落日，消与浪淘沙。

等是东陵未归客，何曾学种秋瓜。浴波辟弟眼偷斜。眉儿如可画，应忆洛城花。

唐多令

叫醒洞庭龙，听诗下海东。有冰弦、相送孤鸿。可惜旧时眉黛色，吹不到，万层峰。

叱起海帘红，残妆与烛同。问人生、谁感西风。莫上月明嘶马地，人不见，忒匆匆。

南乡子

风雨下西楼，枕簟生凉夏似秋。一任嵯峨生海色，悠悠，故国青山认蓟州。

昨岁过江游，千古何人号莫愁。我与燕儿同薄命，休休，隔个帘儿各自愁。

临江仙　（三首）

锦被温存花叠叠，东南挥手云来。断无消息泣莓苔。斜阳黄歇浦，微雨白登台。

见说镜槛双誓在，诉天无地春回。灵娲初炼石成灰。错应知我错，哀莫向人哀。

星气落襟疑堕泪，半环帘格琉璃。水生帆落汉川西。昔邀江寺月，今听竹桥鸡。

花意惺惺人未省，悲残黄竹歌低。诗心新近署无题。门腰吹翠箔，亭子泣红泥。

检点春心休放酒，柳枝横截天东。云山千嶂有眉通。书来鹃叫暮，花尽马蹄中。

分手荆门人去久，银箫九节玲珑。三更梨雨五更风。压鬟通海绿，锁袜踏楼红。

清平乐

花枝小住，劝汝啼愁去。江水江风春乱树，华屋乳莺无主。

旧时新月帘通，芊芊芳草离宫。若问鹤飞腰笛，五云楼阁城东。

浣溪沙　（三首）

一雨吹秋秋不流，雁声今夜下黄州，词人头白莫登楼。

劫后板弦花惜惜，梦中颜色水悠悠，料量尊酒百年愁。

江上黄沙夜夜通，美人心地忒玲珑，箜篌消息玉堂东。

芳草马嘶无恙绿，露莲鸥笑不多红，幽期相约两朦胧。

约略春心带雨残，万重山色万重寒，罗衣消息风城间。

黄竹女儿池上屋，绿杨渔父石边湾，落红犹劝马蹄还。

忆余杭　（二首）

把酒留春春不住，痴燕呆莺催我去。郁金堂下水萧萧，谁梦六朝箫。

江山送雨瓜皮艇，划地春情愁不暝。湿云依旧感红桥，人去白门潮。

立马荆门千里道，关河满地征车晓。朱楼大道唱铜鞮，陵树朔风凄。

英雄埋骨消枯月，怎比美人今夜色。君如不信问桃花，几度看虫沙。

蝶恋花

人到中年多病酒。检束风华，大小双垂手。玉枕粉香新熨透，一魂一树消杨柳。

倦饮不辞春尽后。若道无愁，怎似冬阳瘦？衣冻翠瓶花压袖，双星今夜佳期又。

浣溪沙

眷汝心灵比玉珂，宣南风雪费消磨，不愁翻恐负人多。

界地白云千里轴，极天黄海万重波，歌南灯北我如何。

唐多令

绣岭别金门，无风不动云。到花时、总易黄昏。记得单衣人小立，笼素手，蝉肩温。

乞活九天春，诗心比海深。为卿卿、重唱回文。愿汝一杯歌一曲，要唤起，落花魂。

鹧鸪天

马上横鞭握手看，惜春春在别离间。龙堆多少风沙劫，黄日啼乌塞柳寒。

词写遍，万千山，更寻筝馆唱刀环。人生若化南来雁，好带诗心入汉关。

浣溪沙 （三首）

夜半帘黄星正流，宝铛茶熟一杯秋，天边鸿影落潭州。
拍板却将歌入破，系骢难遣树怜幽，玉门双燕欲登楼。

乞与长生殿里行，香肩双倚万春横，一灯双穗对倾城。
石照兰台钗戛玉，钩悬莲帐络垂金，如今甲子记坤灵。

倚枕回看又十年，缙云千里万重天，乌衣门巷散春烟。
燕雨杏泥空有迹，螺山萍水各无缘，五更灯火四更鹃。

鹧鸪天

兰雪飘魂袅上京，搴帏秋色苦倾城。驿门池馆吹清泪，冷到黄河落日声。

眉外语，一轻轻，天南挥手雁千程。无多筝笛无多柳，长送前朝寇白门。

清平乐

绿毛幺凤，风逼香篝重。笛里梅花和月梦，雪气压窗如汞。

当筵老子婆娑，况听红烛清歌。此夕怀人千里，一杯酒不成波。

昭君怨

一夜北风云尽，倚枕芳期清信。不是旧阑干，万重山。

山色玉屏风下，劳汝小梅低亚。负了上林春，故宫人。

卜算子

剪取去年花，割下今宵月。不到江南不算春，位汝钗裙列。

见也万重愁，别也千呜咽。大地风沙战骨枯，一树云和雪。

定风波　戊辰九日次东坡

秋暖薄霜收，一蝶驮香下荻洲。小阁登高偏谢酒，飕飕，去岁西风占雨头。

花瘦许相酬，老我雄奇不怨秋。霜锷玉钗都不见，休休，苦为南鸿北燕愁。

鹧鸪天 题皃衣手写龚芝麓定山堂集

一劫宫蝉引一枝，探芳留与十囊诗。秦淮水落尚书老，不见清修顾善持。

眉外柳，柳边词，过来南苑月明时。谁怜我亦同君感，故国青山燕子知。

临江仙 周镜芙园看魏紫

晴到新郊花面郭，玉容娇靧春风。清平流咏万年同。晓云烘紫绶，仙露湿朱栊。

岁岁看花花不觉，忽惊香在虚空。天教明艳着西东。也缘丹顶麓，应傍蕊珠宫。

减字木兰花 题画

平林烟织，瘦石清奇溪上宅。分野生云，知是朝晴是晚曛？

灯低画影，诗到无声谁得省？一角山痕，中有河阳万古魂。

一痕沙

人在万梅花里，翠羽一齐飞起。溪水太分明，泻春声。

漫说江南江北，也是恨乡愁国。梅我两同心，月知深。

南乡子 次诵帚

酒力撼风灯，杯底柔情带月生。况对夜塘歌折柳，波清，一角秋声上北城。

风去隔音尘，空盼寒云荡百层。莫道黄河梳洗罢，时惊，永傍桃花坐晓星。

昭君怨

秋到玉窗纱薄，昨夜酒眠灯阁。搔首彩云飞，谢娘归。

消息眼边眉外，珍重解裙拈带。赠汝一枝斜，白梅花。

点绛唇 九日登天心阁

怕负晴秋，推蓬阁望同清宴。鸟啼芳甸，云起成清观。

酒后花前，愁笑分相半。芳华远，玉烟丝乱，空待妆台雁。

摸鱼子 季纯北归赋赠

乍归来、雨梅黄润，鞠尘风外私语。江莺渐老愁如海，依旧絮云平楚。春已去，料剑气、金台不上南天树。豪情几许？任侧帽分花，引裳贮月，莫放北山暮。

惊重顾，按遍江亭箫鼓，还多凝碧愁绪。蚬旌风节长招恨，林木燕巢何处？君不见，当日地、白沙苦竹俱尘土。敻阴泪羽。

正雁别人归，曲江烟起，未减怨吟汝。

西江月　题性一三游洞诗册

快绝唐人汉月，忙哉水蝶山莺。依然洞口白云横，犹待诗魂长庆。

墨落盾头余沈，风来林下双清。多君戎马此书生，同听石淙琴韵。

昭君怨

蕉印乳花夜绿，松响幽篱人宿。把酒证孤思，知不知？

知向画中寻梦，梦里月明青凤。悔我觅愁来，墨妆台。

临江仙　题宝权画扇，为陈苐绥作

泻尽冷涛流翠去，俄听响接虚空。古愁消彻乱云中。万千天小小，三九月重重。

訇破石胎寒水髓，照来江北湖东。画成苔草亦鸿蒙。分光龙抱雾，起影鹤当风。

以上卷四《缑笙引》

鹧鸪天

翠减红消老不知，梦来双照有花枝。一弯春水分流处，半是啼痕半是脂。

心淡淡，语迟迟，屋边山黛几番思。醒来香月朦胧在，玉佩清深隔一池。

三姝媚 题沤社词，寄沧江宝权长沙

寒淞飘碧雾。写呼樽清思，芰衣词侣。海月如河，又照人无恙，品量梅谱。万里羁愁，偏太息、故园烽炬。柳弹花疏，依旧分题，庾郎心绪。

迟我飘零何处？好待鹤江寒，赋鹦洲曙。一卷瑶音，是梦啼春老，琢情清句。只惜芝凋，长拼与、一沤千古。十发、古微先后逝世。怨倩流湘，雁到江南社雨。

鹧鸪天 题画

春到江南万里香，一枝寒玉照红妆。西窗挂起君何见，引柏招松对雪堂。

思款款，意茫茫，写来水佩与风裳。玉芝初发云如洗，寸寸胸中海岳长。

鹧鸪天 （二首）

背柳遮花未放游，夹衣凉怯又惊秋。苍茫旅梦云边雁，摇落生涯水上鸥。

将写恨，那禁愁，中年王粲感登楼。江城乞食头垂白，空唱新词访十洲。

山色湖光落砚前，忆来词意隔东天。荷衣未尽灵均感，又为湘君写一篇。

空盼望，各缠绵，绕枝乌匝我凄然。昨宵梦寄银河曲，一点秋星似月圆。

清平乐　送芙珊之白门

夜凉风恻，话别清灯白。一棹鹤飞招不得，又看江南秋色。

怜君昌谷英年，风华日照云骞。明夜雁声何处？应添锦字诗篇。

丑奴儿令

齐梁夕照何人载？高阁东西，低阁东西，黄蝶飞来上下迷。

词名消受秦姜外，花压横堤，草没长堤，春意秋情一样凄。

鹧鸪天　甲戌除夕

红遍罗帏四面花，放来风入莫轻遮。宜春帖子冰梅酒，漠漠炉烟更煮茶。

居汉水，忆长沙，少年景物已天涯。辛勤果脯伤阿母，那识孤儿鬓已华。

减字木兰花

柳新春早，昨日元辰鸣小鸟。暖入衣轻，三十年来一见晴。画栏金胜，春在眉心人一问。宝马香词，寂寞开元赐酺时。

鹧鸪天 太平花

点雪新光照眼明，一株花色玉兼晶。任他万劫都无碍，细萼春光在凤城。

多少恨，往来莺，悔持新咏不成声。宜阳压鬓人何在？空立花阴想太平。

虞美人

晴郊暖日烟花丽，一角深深地。去来雏燕不依人，飞向绿杨林外觅新春。

红楼向晚骄骢过，宝带金纹弹。凭栏寒月十分圆，回望淡云东北一丝烟。

小重山

万叶寒喧落日收。一天云不到、水东流。绣帘休上小银钩。留待那，新雁过妆楼。

泪点洒箜篌。昨宵残月影、梦悠悠。郁金堂下玉阶秋。眉心淡，难画少年愁。

点绛唇

天比云低，秦时月照长安小。玉箫声渺，十载红心草。

江岸江沙，江雨江边棹。来时道，一弯波晓，万点风前鸟。

南乡子　十桂堂

新露勒初凉，一角城东十桂堂。金粟前身何处是？茫茫，散落花光下四方。

点点入杯香，寥廓秋心满故乡。招隐小山曾作赋，难忘，冠剑丁年句已荒。

惜秋华

岸树维舟，寄沧波、九曲鸦天鸥地。秋意寂寥，犹望啸歌箫市。三宵瘦月溶溶，算料得嫦娥无寐。清泪。纵吹飘、不到琼楼空费。

斜照昔年垒。剩青青野草，酒残钗坠。故国断魂，难遣柳娇花媚。思量渺渺浮生，已听惯、鹃啼鹤唳。愁碎。冷钟鸣、绕回沙尾。

定风波 过旧园

初度春风上李花，卷帘偷照阁边霞。最是夜阑灯灺后，消受，一重山抱月儿斜。

剪得国香为小字，前事，成烟紫玉九天遐。莫检故钗珍重看，长叹，彩云残梦落谁家！

蝶恋花 丙子上巳看镜楼禊集，分韵得泻字

明镜徘徊清昼下。禊约芳斋，买得春无价。咏事兰亭今古话，万花前日枝红姹。

刻烛传杯消永夜。燕子飞来，门巷仍王谢。莫记贞元题水榭，芳辰绣甸云垂泻。

鹧鸪天 （三首）

十五盈盈比洛阳，剪波眸影照秋光。门前九曲莲花水，香净微风到晚妆。

情脉脉，忆长长，浣纱越女亦兴亡。清狂一往秋无换，好月圆时一桂凉。

衣薄轻笼酒不醒，非关花放也娉婷。眉尖倦扫西山月，还自开帘数晓星。

霜着白，雨吹青，试拈秋意问鸿冥。何时红袖成偕隐？黄

叶村中一草亭。

江燕汀鸥共一塘，露荷留叶尚迟香。温存待语无人省，夕照红如酒后妆。

兰作楫，桂为樯，试拈秋色与平章。芙蓉细柳三间屋，归理炉烟九曲肠。

念奴娇 丙子中秋

月忙今夜，向人间飘落，万重秋色。玉佩锦裾情不了，分得湖青山碧。太白心知，东坡影弄，今古空词笔。素娥宫阙，清寒遥想愁绝。

我亦似水年华，乘风路渺，难把前身说。折桂一枝杯在手，老去孤怀香歇。瘦雁流天，枯萤转岸，远眼江云灭。浅灯儿女，歌声夜凉消得。

满庭芳 和沈怀珍女史咏梅，同梦海作

雪意催春，烟情透晚，省识幽梦芳尘。孤山清韵，双照冷余痕。消尽词心缀玉，新来瘦、那感行云。东风早，寒香寄与，不醉亦消魂。

湖滨，波正起，楼阴写恨，藏月钗巾。隔绮窗芳讯，春在前村。记得瑶天小别，姗姗影、明镜长存。愁深浅，江南望断，犹有未归人。

高阳台　和诵帚宜山纪梦词韵

瘦月溶花，寒波碍棹，那堪残梦明湖。四望蛮山，春枝万点啼乌。风裳不卷灵均苦，问何方、俊侣同呼。总心伤、笛语云边，画本空摹。

漪光记得菱歌晚，对花明照槛，帘曲题书。怎料而今，听来冷雨飘珠。何须纫佩风尘里，已看将、万劫枰枯。整清吟、溅泪茫茫，绿到新蒲。

临江仙　寄梦海

老去灵和休怅语，清清盾墨才思。酒边新月挂南枝。各同开府感，怀卷及兵时。

昼雨夜凉秋渐近，砚心卧鸽交螭。河南挥管可分姿。不缘乌匝咏，流涕渭城诗。

鹧鸪天　题万枫日记

周朔初新唱雅词，春迟腊晚岁寒思。看将画馆成清课，不减亭林写日知。

金鹊炬，玉梅枝，也同甓运寸阴时。题成一事劳君记，一日须吟一首诗。

昭君怨　题画菊

昨夜秋光犹惜，一桁晚凉香袭。依旧写风流，卷帘愁。
点点野畦霜色，尚忆酒黄衣白。千岁又东坡，赋诗多。

鹧鸪天　题月农画蝶

滕笔分明涴墨寒，故人埋骨比花残。凄凉白石箫声断，空叹松陵碧水间。

香渺渺，影漫漫，惜才君我夹衣单。人间那有无愁地，等作蒙庄一梦看。

点绛唇　和诵帚移居燕山村舍词（二首）

春到村桃，访源难觅秦人处。绮窗南楚，愁绝云中雨。
袚酒消花，且自随春住。心相许，谪仙同伍，笛里关山苦。

满地胡尘，折梅何日江南住。饯春晴絮，莺啭知君苦。
瘴雨茫茫，谁识江淹赋。相思否？汀洲人去，芳草迷南浦。

蝶恋花　和诵帚（二首）

眼底徘徊春暗度。不似流莺，得共流云去。对酒漫伤书剑苦，草堂几日来听雨。

百计待春春总误。老去休明，空把他乡赋。絮减花飞惊处处，谁堪藕孔将身住。

怖鸽灵山瞻佛后，乞食何缘，消尽闲情久。望里闲云空仰首，花期负尽千方走。

苍白瞬来翻覆手。有酒皆波，有泪皆成酒。天柱问谁能换斗，南朝玉树仍依旧。

菩萨蛮 次柔儿韵，即寄恩施

边城细柳招春色，天边一雁分南北。梦转莫生悲，关山远更歧。

花时休溅泪，珍重无憔悴。安处即乡关，波平净影看。

西江月 次柔儿己卯中秋恩施旅次感吟韵

桂子云边香落，斟来杯酒吹凉。荒城客梦绕纱窗，一夜秋期霜降。

雁阵遥飞天末，故园烽燧清湘。月光圆处几思量，只有影儿相向。

秋千索 游珞珈山

飞轮碾日春尘亚，看未了、絮高花下。莺小偷闲燕子忙，山半起云如马。

东湖浪影眉梢挂，只道是、郭熙图画。晚来多少白鸥天，听不尽，渔樵话。

赤枣子　次柔儿韵（三首）

前夜里，雨丝飞，金炬烧残客未回。槛外棠梨千片湿，一庭香雾照葳蕤。

今夜里，月波凉，光入银床似早霜。莫叹卢家双燕子，郁金堂上待新妆。

明夜里，水边阑，梦到千丝碧柳间。谁向晓风残月外，一杯春酒对花看。

南乡子　辛巳中秋后五日游花溪

拂面水粼粼，秋入花溪似晚春。一片夕阳如客燕，人人，歌哭分明各有因。

惊桨破寒滨，瘦苇霜多白点银。不是悲秋无酒力，频频，从桂麟山缥渺身。

高阳台

衣涴花尘，杯消茗雨，无缘怎遣偕来？黛尽山空，寻秋共上层台。流云遮日何劳讯，记当时、灯角低偎。待徘徊、誓海盟言，床落庭槐。

红楼深夜人回，正窗分岸木，鞋印阶苔。玉碎珊沉，风高万叠心哀。霜来料得无芳息，问长堤、柳为谁栽？展鸾笺、十字连珠，一寸寒灰。

鹧鸪天

水月如情迹是空，要将慧剑指西东。横阶兰艾何须问，英气消磨宝镜中。

云与雨，白兼红，任他舒转落花同。人间那有无愁地，怅望蓬山一万重。

临江仙　次诵帚韵

江畔沉吟无日夕，风沙今日临安。垂杨依旧绾春烟。楼台莺啭外，书剑马蹄间。

谁向东南歌玉树，夔门杜老思还。那惊袖舞此弹丸。月仍秦代月，天隔汉时天。

鹧鸪天

风尾香罗冷着春，十眉选谱见真真。月中清意梅先觉，只有寒山远笑人。

窥倩影，不成颦，几番清梦几逡巡。柳枝瘦尽无多绿，玉笛丝风唱采蘋。

临江仙

云着柳梢花拂水，草堂寒食春风。未须消息隔帘栊。玉杯寒浅浅，金屋梦匆匆。

只道有缘容再见，谁知燕子西东。黄昏微雨滴阶空。折花人未到，花比去年红。

鹧鸪天　（二首）

莺太聪明燕太痴，各分春色在高枝。红楼雨望人千里，记得灯疏梦浅时。

云掩月，一丝丝，莫将往事叩瑶墀。春寒宵枕君知否？酒断江湖老牧之。

宝髻无心理晚妆，春衫浅浅着鹅黄。朱阑九曲琴三叠，分得青山对夕阳。

愁缱绻，梦荒唐，便无海水不栽桑。光明殿角相逢否？说与瑶天赋七襄。

摊破浣溪沙

黄柳斜阳燕子楼，西风先上玉人头。说与断云无觅处，隔扬州。

江冷枫林方下叶，桥空蘋水又西流。一片秋心如雨冷，合成愁。

临江仙

何处落花何处酒？东风先入窗纱。连环萝带绾丝斜。那堪千里别，阑外即天涯。

欲说凤城当日事，只将心问杨花。背人轻手拨琵琶。乌衣门巷改，燕子早无家。

昭君怨

十五盈盈河汉，盼断玉蟾天半。昨夜有天风，紫车空。

万古瑶华歌折，一夕蕊珠宫阙。清浅又千年，海成田。

醉太平

花魂曲厢，月魂曲廊。吴姬酒店春长，送东风柳黄。

斜阳过墙，新霜堕塘。歌声宛转西房，定夜凉鬓凉。

卖花声

消息托眉峰，人在帘中。月斜星落有西风。恍惚玉京仙乐彻，手把芙蓉。

栏影自重重，何处霜钟。烛花吹泪泫残红。闻道天台秋最好，又怕云封。

以上卷五《定香声》

玉楼春

芳菲尽在东风里，残月晓风人未起。有情新燕语帘间，先报春来无限意。

花飞点点空随水，不省伤春人溅泪。一尊浊酒一清歌，闲却玉楼人未睡。

忆江南　题植樵画横琴仕女

心怅怅，无语托瑶琴。玉轸晶莹霜色净，朱弦起伏水流音，窗树渐秋深。

倦寻芳　少城公园探梅

软风春转，淡日人来，芳意何处？招我寻梅，只有浣花愁绪。万古诗情闲玉垒，一生墨妙无铜柱。且凄然，看嫣红到眼，乱枝香雨。

正白首、霜丝千缕，少日琴书，辞影谁主？水北山南，风过满衣清雾。付与斜阳沉野寺，何堪蛮语连村鼓。独低吟，比西湖，逋仙相顾。

如梦令　题画

买得墨脂几许，试画藕花秋渚。水佩自飘然，浅浅红衣来去。谁主谁主？瘦了姜家词句。

鹧鸪天 游薛涛井

水气遥吟过竹凉，枇杷门巷浣笺堂。美人一井留千古，宋殿唐宫只夕阳。

花缱绻，日昏黄，携愁亲访扫眉娘。春风管领人何在，万籁萧然坐茗香。

凤凰台上忆吹箫 秋夜怀嗣曾梦海

寒月巡莲，凉风玩竹，怀人独对孤檠。奈阶蛩霜咽，更尽还听。历遍兰荃楚泽，年来恨、枯到词名。知何处，天池咏远，渺隔层城。

遗情，朱栏遍倚，向枕曲冰丝，试谱秋声。感赋愁平子，火宅心惊。纵许叹归非晚，怎禁得、落叶辞青。流天外，芦沙雁起，又坐天明。

玉楼春 和弘度即事词韵（四首）

红销落日银涛换，欢尽屏山人影远。忆来幔底燕无踪，怅望楸中猧竟乱。

年年压恨东风转，坐惜残红飞隔院。芳心诉与晓春知，怎奈江南春不见。

六宫粉黛恩无似，一曲珍珠题小字。荒芜浅竹盼羊车，那识君王行幸地。

玉阶立露缘何事，七夕钗盟须共记。居然太液又重来，亲见沧波都化泪。

雪寒酒力慵无劲，汉苑层城残照剩。背灯幽怨说谁凭，园角春来花自佞。

冰心缱绻三宵证，空盼支机寻石赠。红痕点点涴妆台，那有菱花怀袖镜。

乱沙雁起西风远，芳讯迟迟江上岸。炉山相对坐香销，拈带添衣秋更倦。

流年似水风情换，甲子灵飞君试看。明珠难报美人心，展尽山光云不断。

清平乐　乙酉八月十八日夜即景示绮芗

月明带雨，此夕秋无主。独坐小窗听叶舞，谁识九回肠苦。

非干万水千山，思量隔半城关。小别也教无梦，长天怎奈秋寒。

醉落魄　和弘度补咏壬午日蚀词韵

金环破色。疏林影散千乌出，天空云荡层层碧。百岁方逢，轮转到今日。

身藏藕孔原同虱，休劳羿射神弓觅。东溟薄霁西洲黑，寂寂花帘，残白见清逸。

瑞鹤仙　乙酉中秋

玉楼明镜满。照万户千门，散光璀璨。重帘送秋暖。正甘泉书捷，节佳风远。珠灯璧盏，料碧海、姮娥寝缓。步虚中、古桂参差，试把夹衣微展。

低转。清游窥到，倚袖残星，落林偷飐。怀人意浅，相思剩此宵短。况天涯、川水无波摇恨，负了诗肠酒眼。望东村、流散疏云，一丝瘦卷。

浣溪沙　（二首）

乞得灵心砚外收，野云含笑月含愁，几时春到海东头？
花事偶闲搜旧谱，酒怀无意把孤瓯，人间何福问沙鸥。

淡淡眉峰一捻腰，薰香容我坐良宵，松陵何事咏吹箫？
银汉有星随北渡，青城无雨待西招，未容相见梦长桥。

浣溪沙　和弘度感旧词韵（六首）

春尽晴风想旧湖，紫阳楼阁水禽呼，翻思咏事不如初。
柳下试车花插帽，藕中摇舫酒沾书，旧巢还有燕来无？

花韵琴心却两宜，忽惊风雨倩谁知，寻芳真悔再来迟。

午睡枕边兰蕊谢，晚行锄下菜根肥，我行刚是饯春时。

笛外晴湖水倒流，几家红粉几荒丘，梅花容我一低头。
将错酒深空溅泪，有心花满不知愁，夕阳何事劝登楼。

四面琉璃照画窗，蘅芜长掩旧时墙，坐宜邀月待新凉。
玉盏浮冰时切藕，金炉沉水偶添香，相思终古是寻常。

春社新词偶倚成，乃园花事趁初晴，雨中春老鹧鸪鸣。
拥笔山居灯寂寂，横刀边警雾腾腾，莫愁堂上两关情。

落日何年照大旗，杜鹃忙煞一春飞，海桑双换各低回。
春到野花知再发，愁来残蜡不成灰，手招黄鹤几时归。

过秦楼

乙酉深冬，长晴馆梅花下怀兰君，不见二十年矣！

水暖鳞归，日闲禽去，腊尽未春寒断。梅憨款款，试认疏林，不是小孤曾见。愁咏故涧银莎，垂老西东，负将清宴。叹潇湘万里，楼台何处，旧时人远。

空记得、幌翠香余，灯红晓换，侍汝入时眉染。惺忪絮梦，采撷兰名，一夜管停歌变。芳约无缘，更寻长逝翩鸿，潜期归燕。只年年今日，怎不思量寒恋。

陌上花 题曼华像

春思镜外玉容，千里殢人娇晚。锦袖罗鞋，消受小梅词馆。珠灯试写华年影，几度纵歌肠断。怅蓬山、叠叠长波音渺，漫天花散。

寄芳菲、是柳愁邀何处，江水江风分半。刻意温存，只诉玉壶心暖。伤春拼教人无梦，珍重乱莺寒雁。奈庾郎、渐老词情难写，晓峰云懒。

八声甘州 次弘度见示词韵

乍伤春小病息词心，流湘客思家。记台荒题汉，祠高铭楚，同付尘沙。白日烟霾那净，篝火照残笳。屈指君归矣，休怅天涯。

试说中原杯酒，真蛟藏蜃幻，谁见繁华。叹棋成错着，空有少陵嗟。坐长宵、灯寒相讯，暗穿帘、风雨湿残花。东南泪，尽凄清地，疏树啼鸦。

三姝媚 次弘度咏烟中峨眉三峰词韵

烟容难写就，是天仙来尘，佩明蛾秀。好景回风，衬蜀江青涨，织罗衣绣。梵殿浮光，休更念、寻春人候。展尽鬟松，带颤钗横，怎禁僝僽。

相隔江陵梦久。待宝镜澄寒，引翔文鹫。道讯瑶天，有淡云明灭，散花身手。似幻疑真，长记却、春前秋后。想共期君，遥睇西楼试酒。

鹧鸪天 次弘度感事词韵

霜尽林空叶不飞，徘徊明镜几番悲。待商深浅眉难画，凋到朱颜似昔非。

河上涘，岳边隈，十年英气已成灰。层层禾黍君知否？撰杖空吟月一围。

前 调

谁见边城折柳人，且寻妆阁旧脂痕。回鸾莫便骄新舞，小试娉婷马上身。

今日酒，古时云，一番棋换一乾坤。年年咏到新蒲绿，独有疏花带晚尘。

风入松 旧燕

柳烟杏雨旧芳洲，人去几番秋。呢喃记得丁宁诉，蓦西风、吹到新愁。叠叠山河残梦，茫茫灯月罗裯。

十年春社渺红楼，又见蜀江头。分花依旧翩翩在，奈栖香、别有绸缪。一夜天南春去，画帘又冷银钩。

踏莎行 燕又北飞感赋

极塞云寒，重帘雨老，南枝北叶无多少。争如相见不多时，回颦引笑谁知道。

社日沉沉，番风草草，秋来春去芳心悄。莫须路远怨长安，龙城万里偏飞渺。

鹧鸪天

观季筠女史画。女史为凤威愍全室人。威愍殉难后三年，葬祭事毕，怀石沉池殒。

九卫绥戎血涴冰，旄摧戟折起闺惊。三年抱石沉(破)[波]去，双照忠贞合一星。

心久碎，泪交横，荒祠异代亦榛荆。南楼苦节清如笔，活色生香殿晓莺。

翠楼吟 丁亥中秋前夕赋

露草招蛩，风铃怖鸽，伤秋悄然心际。烟尘迷远域，又江水吹张兵气。篝狐惊起。怅乳燕无家，篱花封泪。凭谁寄，初明凄感，苦吟人悴。

忍记，残劫江南，也沸云冽日，踏城胡骑。甘泉方报捷，便春恨无缘料理。繁霜身世。且拜杜祠西，溪花生意。箫声碎，小桥圆月，掩愁清寐。

玉楼春

灵修苦作诗歌好，披荔长为山鬼笑。落红点点暗随波，野岸参差生旧草。

千山花事和春了，寂寞玉楼人怨晓。起来还是怯梳头，低说昨宵清梦少。

临江仙　和弘度韵（三首）

都道不如归去好，波长那系扁舟。欲持杯酒问江鸥。乱飘今古泪，长写眼心愁。

谁拾红芦和翠竹，野人相共勾留。难凭定向与身谋。品棋皆错着，欹枕任神游。

都道不如为客好，鷦枝即是蓬庐。漫题甲子义熙初。废吟东阁史，忘赋左徒娶。

照眼关河横百怪，眩人红日魑狐。有云无路叩天衢。竹荒辞逸叟，花尽笑狂夫。

去住商量都不是，坐看雨过云虚。未妨渔晚一竿扶。水宽鱼意动，花发蝶情殊。

秋尽湘蘅怀楚客，误将白首寒儒。故山猿鹤久相呼。书愁心已懒，挥手碧天除。

以上卷六《月下修箫谱》

以上《云想山庄词集》，民国铅印本。

周诒文

周诒文，谱名诒璜，字藻鸿，号蘧然子，湘潭人。清末附生，民国早年师范学校毕业。

西江月　旧燕

去岁曾抛剪玉，今春又感飘蓬。一年一度绕芳丛，流水落花如梦。

渺渺华胥镜里，依依红粉楼中。可怜心事为东风，肯负主人情重。

前调　春日登烟雨楼

万里长空不尽，独来凭眺兹楼。青山碧水并遮眸，何况三春杨柳。

漠漠吴天白鸟，迢迢楚水清流。儿时晴景唤同游，还待夕阳时候。

减字木兰花　洋水仙

寒花别样，染就新蓝浮水上。微步凌波，远涉重洋意若何？

萍踪浪迹，只惜芳姿来海舶。试看中华，同种无非爱国花。

渔家傲　前题

万国烟花春不异，酥凝胡粉香偏腻。一寸冰肌一层绮。檀心里，东风何处闲愁思。

沧海眉娘幢倚儿，乌孙冯嫽芳盈袂。归来异域魂惊悸。谁抛弃，黄沙万里中原泪。

风入松　洋蓝水仙

湘妃何处恣幽探，别自染征衫。归来异国无从浣，任缕缕、尽是烟含。昨夜今朝犹记，拳山勺水难堪。

问谁海舶送孤帆，邂逅把花簪。定是当年田种玉，赖仙人、旧术常谙。倘遇夕阳霞蔚，又吟春水江南。

唐多令　春日登烟雨楼

此地最清幽，征人莫怨尤。算同来、客异班彪。只忆当年攻战处，空万灶，拥貔貅。

氛祲扫枯髅，边防簇象鍪。到如今、还角孙刘。我愿小楼去也[①]，春雨后，买耕牛。

① 原文如此，疑“小楼”后脱一字。

浪淘沙 初夏闻竹鸡

昨夜睡魔降，梦醒筠窗。忽闻蚁蛭度新腔。想见前村泥滑滑，雨送流淙。

溪外又惊庞，客待归艭。问谁留客酒盈缸。只有云冈修竹里，绣雨双双。

满江红 旧燕

一自春归，见莺花、旧非畴昔。只惆怅，呢喃燕子，似曾相识。柳院微风还起舞，杏梁寒雨重寻觅。慨故人、虽故昔贤新，今何及。

华胥国，无消息。乌衣巷，余斜日。算回首当年，流光太急。显赫王侯犹代谢，寻常百姓休悲泣。看古来、多少事繁华，皆陈迹。

一剪梅 新燕

借问云軿几度行？柳正丝萦，花正香凝。旧时画阁已凋零，底事巢倾，底事巢成？

忽答呢喃似软声。先诉行程，后诉生平。自来君屋记分明，我也新盟，君也多情。

风入松 渔竿

半生壮志自分明，端不钓浮名。偶然触起观濠兴，烟柳下、宜雨宜晴。且学掉头巢父，或随加足严陵。

幸他江竹正丛生，绿映水泠泠。取来袅袅悬钩饵，任钩破、万点青萍。更喜人投远浦，一时月挂闲亭。

入塞 前题

夏日长，正薰风、漾水乡。借琅玕几尺，籊籊映波光。丝又香，饵又香。

不须珊树拂苍茫，只把钓、柳下渔梁。夕阳时节更倘徉，鱼也忘，竿也忘。

多丽 萤火，时初夏夜行作

暮云遮，远山月未西斜。正双萤、往来林外，此时不复惊鸦。入檐稀、人非感杜，明囊久、夜读怜车。画阁朱楼，芳塍绣陌，一样辉辉似落霞。更今夕、池塘处处，声欲问虾蟆。怎便是，连江草腐，秋咏琵琶？

记古来、幽歌熠耀，自兹隋苑纷华。磷影飞、沙场渍血，烽烟起、关塞寻花。承露台前，曝衣亭上，几多兴废事堪嗟。到而今、凄凉陈迹，黯淡寂无哗。谁似汝，流光远映，地角天涯。

前调 见萤火

莫咨嗟，昔年秋色纷华。看流萤、飘扬数点，每随清夜还家。星宿稀、檐前影乱，琴书冷、槛外帘遮。月落参横，酒阑灯灺，总凭凉意现些些。更有时、徘徊蝶梦，惊起为啼鸦。怕几度，沧江白发，遁迹幽遐。

幸于今、兰膏继晷，不须照字笼纱。草堂闲、今宵雨喜，香阶映、昨夜风斜。个个相依，辉辉远见，任穿疏竹任黏花。问何事、园林初夏，熠耀似明霞？想从此，飞腾早达，光被天涯。

唐多令 旧燕，与伯恭联句

春雨更添愁，春深燕子楼。恭。幸于今、旧主钩留。鸿。王谢堂前休认识，凭絮语，话同俦。恭。

故垒已经秋，鸿。新泥尚啄不？恭。忆当年、盼盼凝眸。且把清吟酬白傅，鸿。莫孤负，此风流。恭。

满江红 旧燕，与伯恭并填

底事情深？原只为、主人相识。记前度、喃喃细语，曾留行客。谁意东风今院落，鸿。杏花寒雨重寻觅。最怜他、紫颔掠芳尘，春泥碧。恭。

丝丝柳，遮窗隙。翩翩影，余斜日。鸿。又絮白黏香，襟红带湿。玳瑁双栖梁一角，恭。珠帘半卷人全隔。鸿。听几回、旧梦话新巢，关心极。恭。

蝶恋花　见蝶

花下春驹双翅小。访绿搜红，故意来飞绕。才住枝头黏粉少，翩翩又起寻芳草。

芳草萋萋连远道。有客归来，不顾花丛笑。笑入醉乡思杳杳，化为蝴蝶浑无脑。

虞美人　蜡梅

牡丹自昔夸天质，全盛无多日。不如磬口与檀心，犹得经时累月缀芳林。

繁英密蕊能经雪，颜色何须说。愿他长久伴残年，莫遣江南战血到花前。

前调　燕

湘城一带西南面，不见雕梁燕。有情惟汝日翩跹，肯作新巢来住草堂前。

香泥紫颔应尝遍，双乳将雏恋。记君来日送春晖，只怕秋风容易又将归。

双调望江南　木芙蓉

槐阴外，忽见拒霜花。记得去年三五树，只今零落付烟霞，一树独欹斜。

闲眺望，孤立更无愁。棱叶受风仍顾本，疏枝浥露尚抬头，何况到新秋。

山花子　双燕来巢

春事阑珊日已斜，营巢处处动咨嗟。毕竟迁乔终得所，是吾家。

驹隙匆匆无限恨，主人忽忽返天涯。鼓舞欢迎何所似，蹴飞花。

更漏子　题画兰箑，为陈墨坡作

玉池荒，空谷泪，总是幽人憔悴。描叶翠，写心丹，看君犹画兰。

清露歇，微风发，恰半规新月。凭月色，判骚愁，潇湘又早秋。

虞美人　前题

芳滋九畹今安在，且学骚人佩。南阶几日又秋还，游子不堪回首别亲颜。

平生壮志消磨尽，寸草偏难殒。问君底事写心铭，却借清风披拂到湘汀。

沁园春 秋兴，寄芰生兄

冷意三分，离情万斛，总为悲秋。甚心情默算，萧萧雁唳，凄凄蛩语，多少更筹。肠断清宵，魂消落日，王粲从兹独倚楼。楼头倚，看情尘蓦起，爱海长流。

云山自喜凝眸，尽排着万里清幽。便做成客感，江关萧瑟；牵将幽怨，湘渚飕飗。洲上芷兰，林间藜藿，一样生涯一样愁。凭谁起，看腰间虹跃，尚有吴钩。

满江红 对灯

邈邈天涯，论心处、从今已矣。盼黄昏、清宵又到，一灯依倚。书帷夜夜逢青眼，壮志年年盟白水。算今生、伴我独悲吟，真知己。

潸潸泪，何时已。幢幢影，还惊起。却忆儿时况味，今如此。素兰几朵焚膏久，红豆千枝燃梦死。只输我、一点不曾灰，丹心里。

画堂春 瑞香

春风初入紫云乡，美人锦帕围香。玉纱衫子绛罗裳，旖旎新妆。

庐阜记寻麝馥，蓬莱喜赐龙章。任从天下仰芬芳，莫献祯祥。

夺锦标　中秋

千古悲欢，算来此夜，不知几万晨夕。总为平分秋景，笛好吹云，槎宜漾碧。想琼楼玉宇，归去也、难寻飞舄。有谁知、爨下悲音，尚作人间羁客。

犹记新秋闲适，把酒庭帏，苦慰慈亲宽释。还待归来重聚，妹学簪花，儿亲接席。奈离多会少，到而今、依然影只。愿蟾光、永夜团圆，照我梦中行迹。

贺新郎　中秋

不扫浮云尽。望长空、半晴半雨，萧萧风紧。平分秋色知安在，莫向蟾宫问讯。拼此夜、素娥坚忍。天上人间缘未凑，更无心安排酒阵。况弦管，无瑶轸。

知音自古相怜悯。恨儒冠、因循作客，秋光转瞬。回首家山是前月，曾见高堂华鬓。待锦衣、何时天准？凤诰不来彤管寂，怕琼楼玉宇无人引。又谁把，兰醪进？

雨中花　次欧阳文忠公原韵

此日最难行路，奈更愁魔相苦。终日柴门，雨丝风片，不见春来去。

闲情久作沾泥絮，莫问江花林树。只茶灶清芬，竹窗诗料，便是关情处。

少年游　忆妹五阕

去年春早正还家，兰秀燃椒花。今年春至，一家骨肉，星散各天涯。

天涯絮果方无据，思往事、又咨嗟。遮莫红笺，也同雷岸，相讯到年华。

城头月

当年姊妹花含蕊，萱阁香如绮。傍母梳妆，随兄问字，骨肉真欢喜。

而今旧事随流水，惆怅知何似。云散风流，花残月缺，掩泪休提起。

醉红妆

别来慈母最凄凉，终日泪，掩霞觞。不如意事漫商量，徒怅望，女儿妆。

天涯地角总凄惶，况眷恋，游子乡。乡心五处知何似，只白傅，此同伤。

满宫花

意绵绵，心悄悄，何况长亭远道。彭郎矶畔小姑山，尽日离情萦绕。

岁方残，春又早，白发深情人老。想沉吟一曲家山，怅望北堂萱草。

南歌子 又一体

柳絮才同秀，桃夭岁又逾。侄匪从姑，却问当年提抱，今日忆勤劬。

纵缘怜病母，不嫁似兄夫。罗裙金线嫂相扶，他日还家犹记无？

行香子 荷花生日祝蝦

家世芳洲，品格清流。花君子、早岁忘忧。廿四番风，忽逢从头。有一分春，一分夏，一分秋。

嘉会添筹，仙子同舟。更荷衣、莱舞优游。延龄酒晋，长命丝抽。是一般清，一般洁，一般幽。

鹦鹉曲 前题

水晶宫阙琼瑶宇，介眉恍惚同玄圃。便邀来、髯叟芝仙，真个开筵净土。

莲房百子更多男，几度称觞祝祜。愿亭亭、净植贻芳，住香国、千秋万古。

减字木兰花 洋水仙

三山海上，何处神人相怅望？浪迹中华，披拂春风住水涯。

花间醉眼，瑶台不把黄金盏。几度香开，带得蛮烟蜑雨来。

离亭燕 前题

海外烟波欲画，梳洗新妆潇洒。洛浦汉皋湘瑟恨，恍惚一齐交卸。我欲问神仙，此日灵胎谁化？

昔似明妃月夜，今返文姬旧驾。多少华夷关系事，都付水流花谢。幸飘泊穷年，留作中原佳话。

虞美人 对酒

青史功名都不计，试吐如虹气。饱尝世味莫停杯，一任辛酸甘苦此中来。

家忧国耻双垂泪，摧尽平生志。欲歌时事破清寥，只恐胸中块垒又难消。

临江仙　题墨梅

溪上梅花溪外雪，雪痕不损梅妍。江南春早会癯仙。问谁将幻影，写出意缠绵。

古干杈丫人莫笑，好花犹胜青年。琼英玉蕊化云烟。几回亲玩索，遮莫是蘧然。

一剪梅　题墨梅帐额

春魂昨夜返潇湘，不过林塘，却过邻墙。筱窗传影缀冰霜，花也生香，墨也生香。

夜来高枕学蒙庄，知是仙乡，知是他乡？眠云卧雪两无妨，梦到花旁，醒到花旁。

巫山一段云　秋夜

脉脉西窗月，残宵起独看。忽惊一阵雨阑珊，分外觉清寒。

此际停瑶轸，何人倚玉栏？中原南北正艰难，魂梦几时安？

南柯子　七夕

瀛海新机巧，天河旧日航。牵牛织女尚相望，一任痴儿怨女说悲伤。

银汉三秋渡，金钱十万装。神仙借债也难偿，莫笑人间天上是荒唐。

满庭芳　赠抱粹子

风雪方残，莺花乍醒，青山又豁吟眸。频来旧寓，屋小尚如舟。蓦地朵云飞下，顿抛却、客中愁。并回忆，去年寄柬，心事两悠悠。

今看新画稿，塔标城外，瀑界山头。有峰回云转，桥涨溪流。更喜诗词篆隶，展三绝、摆脱拘囚。从兹后，琳琅满壁，卧赏读书楼。

前　调

笔阵纵横，才情高雅，都从诗画传神。沉吟展玩，好着自由身。本拟琼瑶作报，总无奈、事因循。因循久，愁羁病缚，花落又伤春。

而今光景速，夏云休抹，秋水无尘。看云林醉墨，摩诘天真。恍见当时磅礴，千万重、咫尺比邻。待他日，灯红酒绿，联句更增新。

前调　送刘九芝

闻道西湖，由来胜地，至今逝水弥漫。虹堤鹫岭，烟雨亦清寒。画舫楼船几处，春风里、花柳迎欢。历多少，英雄时世，一局又棋残。

六桥空怅望，旧游回忆，君已亲看。笑无缘是我，未破愁颜。第一峰头谁在，当年事、说起堪叹。更何日，提兵百万，御敌挽狂澜。

前调 再送刘九芝

弹指光阴，不堪回首，十年前事都休。当时记得，曾向绘春游。金粉莺花绝妙，闲时节、题咏忘忧。更流连，陈蕃下榻，三载度春秋。

而今还念旧，重游芳院，几度遮留。看雪泥鸿爪，枨触心头。且喜传经刘向，赓词曲、往返诗筹。披吟久，裁笺纪意，心事两悠悠。

沁园春 伤春

一片韶光，惊起蘧庐，着意吟春。叹惨惨湘南，迢迢淮北，青磷碧血，谁与招魂。骨肉流离，田园寥落，不少临风洒泪人。那堪见，又倡条冶叶，触目伤神。

萧条更有乡村，绝不见甘露一洒尘。看尘封满甑，磬悬一室，无珠数米，有桂成薪。鲁酒难沽，吴盐少运，生计艰难总莫论。凭谁问，有莺歌燕舞，渭树江云。

前调 看蜡梅

天祸中原，弹雨枪林，兵起如麻。恸川滇榛莽，青磷蔽野；

淮徐兵燹，白骨沉沙。极目湘南，尸填血满，南北犹然各怨嗟。问谁是，衔杯对雪，赏玩清华？

中庭忍睹杈丫，绝不料而今有此花。看檀心磬口，金英蜡蒂，非黏鹅酒，便误蜂衙。留得汉妆，余兹正色，向暖吟寒是一家。且慰藉，我闲中老病，客里生涯。

减木字兰花　对酒

梅因月好，月亦因梅出山早。弄月吟风，一树梅花一寓公。

乘闲独酌，寂寂空斋花未落。回首神州，对酒安能解此愁？

如梦令　落梅

往日含香眷恋，此时感时泪溅。绕砌任飘零，莫是寿阳钗钿。休怨休怨，看取绿阴庭院。

前调　前题

几日巡檐索笑，更喜孤山远眺。玉笛忽惊寒，仿佛江城风调。谁料谁料，我为癯仙悲吊。

长相思　春晴

春雨寒，春水寒。今幸晴光眺远山，飞禽也大欢。

思无端，恨无端，梅未飘零月未圆，何妨人倚栏。

一半儿 秋宵（二首）

寒阴万里蔽层空，夜色迷漫灯影红。商声阵阵隔帘栊。听匆匆，一半儿雁声一半儿风。

拂案移帷到小楼，残宵难忍是离愁。几番风雨又吟秋。检诗筹，一半儿抛开一半儿留。

前调 蜘蛛

一枝翠竹影垂青，忽遇蛛丝布网形。看他纤巧罩蜻蜓。费心灵，一半儿纬丝一半儿经。

南柯子 方兄为予兄画墨梅题之

杕杜原同种，棠华岂别支。冰霜玉骨自撑持，又见梅花纸上触相思。

自昔连枝好，而今顾影悲。江南花是惜人非，遮莫池塘春草更题诗。

满江红 辛亥中秋在宗祠族校祠，旧为方丈寺

不料浮生，值今日、又逢佳节。抬望眼、夕阳西下，涌来新月。古寺空山人影对，琼楼玉宇清寒绝。且抛开、旧事与闲

情，谈心热。

游子恨，晨昏缺。国家耻，战场血。作泪史，还把伤心史说。菽水欢承垂齿暮，瓜分祸迫燃眉切。更何心，酌酒听霓裳，登仙阙。

浪淘沙　与伯恭对月合填

山畔月华生，无限凄清。鸿。岚光如黛喜初晴。恭。一霎浮云来掩映，竟不分明。鸿。

忽听子规声，却近残更。恭。此时惟见碧空横。鸿。并坐闲阶寻韵事，水淡烟轻。恭。

前调　伯恭去后枕上叠前调

人散月西斜，睡稳林鸦。蝶魂此际在南华。客里不知身是梦，竟喜还家。

忽听雨声哗，冷透窗纱。教人私揣到天涯。还拟明朝池畔去，安慰莲花。

如梦令　怀伯恭，时在绘春亭

此日花神做美，前度吟朋密迩。月夜伫闲阶，记得新词共拟。愁起愁起，咫尺天涯万里。

前调 夏夜

露浥湘筠流翠，月影池莲欲坠。日夕试吟笺，无奈家书难寄。且醉且醉，还与花魂同睡。

渔父词 题潇湘八景画屏（八首）

一幅生绡湿墨香，吴头楚尾认苍茫。篝影外，水云傍，不知何处瑟声凉。

一望空明泻碧流，珠宫贝阙等仙游。云梦泽，岳阳楼，写出人间万里秋。

雁阵回翔趁落霞，几时敛翼集平沙。飞雪邈，篆痕斜，笑他书不寄天涯。

云帆叶叶赴芦洲，饱挂风烟逐水流。招客艇，唤渔舟，不知能泛月中不。

云峰数里暮烟横，何处铿鲸一杵鸣。香界远，梵宫明，纵无声处有余声。

柳陌菱塘趁买鱼，归来晒网更提壶。天色暮，世情疏，应是桃源载酒图。

城市山林旧俗谙，买鱼沽酒兴初酣。新雨后，晓烟涵，莫将罨画羡江南。

万径千林湾复湾，天公战退玉龙还。朝复暮，夏生寒，不知原在此屏间。

清平乐 （四首）

谁知花信，一笑从人问。纵然消息难凭讯，犹与孤山亲近。

晓来试驻征骖，故人还寄诗函。忽觉癯仙告我，一枝春在江南。**探梅**

良朋何处，秦陇迢迢路。欣逢驿使传情愫，聊取芳枝寄去。

影伤玉骨冰肌，香插铜瓶绣帏。记否当时赠别，也攀杨柳烟丝。**折梅**

如斯玉貌，是何人小照？萼华无语湘妃笑，描出丰神绝妙。

元章渲染多姿，无咎钩圈更奇。别有难传意处，江天雪后晴时。**画梅**

桃花饭后，又餐英延寿。谁知好事还依旧，忍把霜花杂糅。

舌端纵有雌黄，屠门久敛锋芒。且学道人铁脚，吟来肺腑都香。**嚼梅**

一剪梅　瓶梅（二首）

折得新红岭上梅，一寸心回，几寸春回。插来铜胆净尘埃，处士还猜，隐士休猜。

分明守口意徘徊，天付仙才，人付诗才。香泥不必费滋培，水也冰开，蕊也花开。

雪案瑶篇展夜阑，瓶冻冰寒，花蕴香寒。翠瓷重注碧溪澜，旧插诗坛，新供词坛。

画轴观音宝座安，柳眼回看，莲瓣同看。对他樽酒共开颜，人也清闲，花也清闲。

唐多令　题伯恭画

何处涌层峦，烟云满纸间，一重重、虎踞龙盘。罗列万峰来笔底，凭指点、是龙山。

形胜郁多般，森林路往还，天然锑矿出巑岏。莫只卧游看一面，山水外、具奇观。

一半儿　赠别伯恭

昨宵曾与可人期，亭午相欢把酒卮。怪他风雨又临歧。待来时，一半儿填词一半儿诗。

满江红　自题摄影

卅载韶华，辜负了、几多时节。思往日、书生面目，本来朴拙。菽水差承慈母意，功名不似王侯骨。到而今、依旧此头颅，何堪说。

韬晦意，谁怡悦？和平事，谁激烈？自题自笑非无故，不夷不惠非难决。看西洋、历史有何人，同心热。

十六字令　题墨兰（四首）

竹，披拂湘兰如倚玉。看风姿，想见高人躅。此幅有竹叶点缀。

荆，写入南陔倍有情。谁人识，美恶有真评。兰中有荆棘。

根，几经盘错见精神。湘江畔，流露是天真。露根。

兰，三春九畹趁晴看。新泥湿，莫是露珠团。附根有泥点。

十六字令　题汉砖砚，以风雨消磨起韵（四首）

风，劫灰吹动碧山空。嶙峋影，幻入墨池中。

雨，芳尘洗净堪磨抚。想坚贞，金石同千古。

消，蜀垒云浮汉苑遥。今犹固，片石抵琼瑶。

磨，五铢遗迹并摩挲。劳君赠，聚墨几回多。

虞美人 秋海棠

翠漪轩畔花光少，但有秋棠好。倚栏一日几回来，不识檀心一点为谁开。

断肠时节廉纤雨，红泪浑无语。只今叶软便含羞，切莫秋来花发又添愁。

前调 天竹

香绷弱个纷如簇，非草尤非木。倚墙日日看花丛，记得去年珊颗雪中红。

韶光荏苒犹留影，叶叶繁阴冷。于今拘束寂无闻，他日定然高节到青云。

如梦令 咏兰（四首）

碧涧丹崖来访，绿叶紫茎无恙。香好更无言，仿佛良朋相向。相向相向，人与芳心一样。素心兰

连理花伤秋早，交让木犹枯槁。寸草报王春，谁信南陔怡老。休恼休恼，还有莱衣同好。并蒂兰

裙曳洛川仙态，艳染汉皋新黛。纤白更娇黄，春去依然香在。香在香在，珍重美人纫佩。**真珠兰**

中国花王固圉，号令风姨防御。一霎请长缨，系得单于（颈）归抚。归抚归抚，还汝瑶台静处。**洋玉兰**

瑞龙吟 喜旧友来访

愁何处，只是疏柳禁风，残蕖泣露。回看满目繁华，尽夸蟾窟，桂香云树。

独无语。捱到黄昏窗下，耐听寒雨。几声滴破芭蕉，又交残夜，谁知情绪。

忽忆故人曾访，离多会少，回肠暂叙。蓦地抛开，乘兴登楼四顾。沉吟品画，问近来诗句。更逍遥、花院巡行，水亭闲步。倚槛留人住。奈时迫促，欢淹日暮。判袂难容与。待他日，芳径还携旧侣。且来池馆，月中休去。

菩萨蛮 题伯恭墨梅，回文体

画里花香新对话，话对新香花里画。真品想奇人，人奇想品真。

隔梅看素壁，壁素看梅隔。春早又红尘，尘红又早春。

浪淘沙 清明夜吟

窗外每闻莺，春柳丝萦。一番阴雨一番晴。底事安排春气候，明日清明。

山馆夜凄清，人籁无声。新思旧绪与谁评。独把闲阶亲绕遍，月上帘旌。

一剪梅 题花月痕

传奇读罢把髯掀，诗酒频论，声泪频吞。青衫红袖感亨屯，欢喜何存，悲悼何存。

浮云富贵等昏昏，香又销魂，色又销魂。青楼梦觉入空门，花也无痕，月也无痕。

西江月 再题花月痕，与伯恭联句

孽海情天无限，蘧。神形色相都空。悲欢离合一般同，漪。莫是黄粱入梦。蘧。

聊写解人花月，漪。全归幻境冥蒙。秋心春镜两飘蓬，蘧。惹起闲情绮咏。漪。

卖花声

门外植杨柳、木芙蓉，不逾四五尺。然婀娜含娇之态，亦足动人。

几番春雨涨红桥，又是秋宵。玉环娇面小蛮腰。恰好迎门风景艳，暮暮朝朝。

烟月伴清寥，寄意迢迢。美人名士待相邀。如此韶光如此境，何用魂销。

偷声木兰花　前题

湘累手迹渊明宅，露叶风枝皆绝色。庭院风清，何必湘干写怨情。

芬芳今日如同调，红粉青衫年俱少。他日春华，都是中原爱国花。

蝶恋花　红梅

西湖一饮芳樽酒。稍露文章，愈觉风神秀。不必巢由甘鄙陋，东皇自爱才华茂。

自来艰苦因时候。晚岁孤芳，青紫从天授。请对斜阳吟远岫，孤山莫怨清寒久。

前调 红梅，用真西山先生原韵

雪后西湖霞影吐。一树横斜，恍惚春风误。流水夕阳桥畔路，不须泪洒江南去。

聘得海棠宜雅度。血色罗裙，对酒翻成污。不是癯仙嫌淡素，酡颜正向新妆语。

以上见《方上周词合钞》卷一，1948 年湘潭正山印务馆石印本。

周翼洙

周翼洙，字稻原，湘潭人。清末监生。有《洗桐轩词》。

眼儿媚 和铁厂浔阳琵琶韵

飘零杯酒暮浮家，隔梦感烟华。萧萧芦荻，茫茫江月，亭子荒涯。

千秋揾尽知音泪，何处洒琵琶？相逢错过，青衫红袖，薄命谁嗟。

水龙吟 学质夫杨花调

落花时节花飞，漫疑做落花轻坠。绮岁光阴，只伊解得，白头情思。匝径红酣，连天绿暗，眼娇偏闭。近东风三月，青云有路，蓦地腾空吹起。

不学游丝无力，镇防他、燕衔莺缀。说甚颠狂，儿童捉住，沾泥魂碎。尘劫三生，萍踪一梦，碧长春水。怪诗人，陌上相逢，无故惹伤情泪。

浪淘沙　有恨

门外乱莺啼，恰恰春归。东风闲梦醒花飞。众绿愿他芳草歇，着甚生机。

惆怅挽斜晖，阑影还痴。画檐铃语漫含悲。忏得螳螂蝉捕意，静理琴丝。

阮郎归　夏意（二首）

十分霉雨一分晴，催他池水生。触来梅绪又酸辛，春归夏不停。

花锦黯，柳棉轻，心寒转热憎。错教鹃语嘱叮咛，痴疑半晌晴。

薰风扇子阁轻罗，重衾恋压多。浮生拼付病维摩，莺花醉梦过。

浓酒蚁，淡眉娥，避愁愁着魔。闲情但画景清和，新词无可哦。

金缕曲　嘲春去了鸟

旧语分明照。镇无端、提来耳畔，吟魂越恼。梦境繁华留不住，悄地归休自好。偏絮向、东风嘱告。泪染千山啼血遍，静琴音应变南薰调。晤晴雨，没昏晓。

有情天忍无情老。看年年、秋花红过，绿还春草。来去风轮弹指易，不了如何说了。漫勾起、个侬怀抱。槐夏阴森饶百舌，禁多言并作无言悄。莫经意，信啼鸟。

前调 阅红楼复梦漫作

结想真奇矣。算无聊、盲词说梦，大都如此。旧恨风流传不出，新绪繁华顿起。变幻到、转轮身世。人鬼荒唐重复絮，写欢场又杂战场事。空蜡嚼，太无味。

因缘木石拈花旨。说相思、茫茫渺渺，空明到底。恨海情天风月愿，浸补痴呆儿女。枉饶舌，皆大欢喜。依样葫芦翻样画，叹情生争似等情死。羞貂续，玷才思。

江城梅花引 和铁厂夏景韵

荷香清韵紧茶瓯，荫阶头，露池头。风幕销炎，凉引月横钩。一曲薰风蝉绪外，把纨扇，倒金樽，劝莫愁。

莫愁，莫愁。忆红楼，衫影流，鬓影浮。倦也倦也，画不尽、闲梦鸳鸥。静想松窗竹簟，着棋幽。说是采莲歌棹好，还只怕，荡轻波、不耐柔。

前调 春晚

芳霏时节景阑珊，说春酣，未春酣。惹动沉阴，依旧放晴难。昼永人慵谁拨闷，小庭院，镇垂帘，怕倚栏。

倚栏，倚栏。怯衣单，风更尖，雨更□。酿也酿也，酿不厌、天气清寒。一任莺愁蝶懒，怨花悭。误听春归芳信紧，还屈指，向幡风、算几番。

虞美人　题扇头画美人睡

横波只剩酣香睡，躲却相思泪。重衾懒拥不胜情，要他花浓石净好耽承。

春余蝶粉空多绪，恼恨闲云雨。凭将倦影任郎描，肖来海棠杨柳可同娇。

菩萨蛮　石榴

闲红羞把春魂惹，丹心一点明朱夏。不怕化裙痕，惊他着鬓云。

绿阴丛子结，热把酣余血。雨味让梅酸，晴甘丰晌炎。

水调歌头　端阳

霉雨歇芒种，佳节过天中。绮窗碧蒲苍艾，蓬户插来同。看到堆盘新黍，依样呈觚露角，益智未圆通。勾起灵均泪，波洒汨罗洪。

剩明镜，江上铸，影蛟龙。飞舟竞渡，空说破浪快乘风。漫鼓湘筠瑟调，但抚石榴琴韵，愁序改欢浓。续命系长缕，酒且醉颜红。

百字谣

见墨仙《咏春晚景》，韵押字多颓唐，戏和以变之。

春归近也，镇庭阴吹水，一天寒切。阑砌无花清昼永，芳草闲门愁绝。抛倩清明，踏青寒食，依样晴丝瞥。荼蘼过了，画檐还印霜雪。

却好故故云栏，重重雨阁，红紫难消灭。飙得艳阳风日准，暖到饧萧吹咽。歌漫莺娇，梦酣蝶懒，缓驻芳菲歇。东风依旧，绿杨时正三月。

前调　初夏叠韵

清和时节（到），尚鹃声啼苦，参凉晨切。霉意雨晴颠倒弄，一径庭芜幽绝。燕子归迟，帘前絮语，反说东风瞥。绿阴子老，翠禽头白如雪。

漫道好梦成尘，流年逝水，景幻烟云灭。浓柳高槐蝉噪近，消受碧筒茶咽。絮影飞憨，花茵落薄，倒愿春归歇。静销炎昼，扇纨好咏圆月。

凤凰台上忆吹箫　寄贺鎏源张甥新婚

豆蔻香苏，鸳鸯梦熟，洞房春透眉尖。忆秦楼箫彻，笑跨双鸾。艳说丰神绪柳，连理到、仙李根蟠。风流笔，箕裘京兆，学画当年。

翩翩，英才弱冠，兆赋献西京，博议书先。快同心果结，喜洽重萱。远我渭阳云树，聊曲贺、锦瑟调弦。妆催日，藏奁想有，却扇吟笺。

如梦令　警悟

乍雨乍晴天气，似暖似寒人意。尘梦酒浓时，忙煞沿阶蝶蚁。闲觑闲觑，吟到两瞳秋水。

摸鱼儿　次元人灯花韵

最清幽、结临窗绮，暗中春入无影。吟魂一饷耽消瘦，伴久也温清鬓。娥蕊整，休认做蜡泪，玉凤敲钗颈。漏闲帘静。趁笔露垂酣，书香味饱，笑玩趣多领。

玲珑样，镜写圆成浑应。羞他香炷厌凝。心长只要频桃热，不怕冷棋敲烬。还忆省，怪红豆拈来，误做相思信。连宵约定。只写照分明，年长破寂，依样醒愁病。

前调　叠韵寄怀吴伯龙妹丈

向天涯、照残离恨，都教化作欢影。笑温儿女纱笼伴，钗绪可销愁鬓。休剔整，愿好梦圆成，鸳枕娱交颈。窥人态静。似绮在思前，妍从喜斗，会意要人领。

通灵处，较比金钱占应。剪将银篦还凝。宵深探得春消息，落恐天明催烬。挑到省，算误兆人归，准有鱼鸿信。含情祝定。

莫谎结虚宵，更阑游戏，好慰渴思病。

鹊踏枝　七夕有感

漠漠宵阴凉做水。无赖西风，薄尽青罗腻。乌鹊桥梁填未几，天星也欲寒盟矣。

巧乞无灵痴自喜。悟透穿针，蛛盒空蒙翳。却怪银河明澈底，纤波还酿纤尘起。

满江红　感秋

一扇西风，调弄出、满空秋气。叹凉序、惊人更是，隔年容易。吴水沉沦波叶乱，燕云浩渺尘沙起。警天涯、铩羽遍商声，羁鸿字。

怅摇落，悲身世。星鬓落，（发）随流逝。让磨破青衫，总耽寒意。棚豆也修闲话福，樨禅未透闻香旨。算忘忧、萱草寿庭前，趋炎耻。

花心动　秋深

惊动商飙，让斜阳、熏弄满空霞色。宵露滴幽，晓月迷凉，冰到簟纹都觉。日寒天暮修篁倚，也似解、凌风难拆。甚踪杳、归鸿去燕，许多成客。

羞煞血花红热。等乱叶飘黄，问谁禁得。莫漫笑他，纨扇罗衣，更比夜檠烟薄。香衾算有绵绵意，爱秋梦、可能温着。

只闲冷、赢他砌蛩哝咽。

忆秦娥　闺秋

新秋闺，清飙难任骄阳骋。骄阳骋，凉雨销炎，捐纨休恨。

英雄心事销蓬鬓，繁华梦已春前醒。春前醒，风叶霜螿，漫劳相警。

重叠金

风摇杂做檐前铁，清吟谁解幽篁别。月夜趁朦胧，窗尘混几重。

庭阴甘落寞，莫恨秋烟薄。晴艳说篱花，山枫可胜他。

念奴娇　贺湘渔姻丈新婚

浅深眉黛，问青莲才笔，从何画起？笑是丹青工写照，输尔彩毫得意。酒合新欢，花争前笑，谱任文箫记。人天如愿，风流林下能几。

恰趁拈到枝头，十分春在，香嗅梅寒细。恍悟鸳鸯曾绣过，巧度针神温理。妆傍兰台，夫人有伴，俊煞传娇婢。葫芦醋泼，密凭郎嘱须避。

以上见《方上周词合钞》卷一，1948年湘潭正山印务馆石印本。

周翼崧

周翼崧，字约循，号窳庵。清末监生，民国年间曾任湖南省议会议员。

瑶花　春游

桃腮杏靥，露卉胎红，映时光幽绝。东皇何处，经过了、一半雨丝风叶。画桥斜渡，俯碧浪、溶溶澄澈。曾几时、踏遍珠尘，看到夕阳明灭。

年年岁绪匆匆，怕转瞬春残，一声啼鴂。浮生若梦，堪太息、千古风流消歇。多情行乐，总辜负、百花时节。把此情、说与姮娥，钩起半帘明月。

浣溪纱　春游

溪上晴云隐翠微，茸茸芳草碧生荑，暖风轻飏酒家旗。
金埒扫鞍新雨后，画桥流水夕阳西，绿杨深处乱莺啼。

前调　春闺

帘外潺潺积嫩寒，玉阶苔滑湿红团，望春频倚碧阑干。

影合疏棂憎柳暝，梦回孤枕怯花残，画楼悉损玉人颜。

清平乐　元日大雪

锦屏春晓，共说风光好。绮语分明听未了，帘外笑声多少。

雪痕吹上窗纱，屠苏竞作生涯。醉后不知寒重，巡檐试看梅花。

满庭芳　南州吊古

叠嶂西连，大江东去，众流争汇重湖。变迁奇谲，沧海易膏腴。不惜黄金挥尽，百千万、买宅闲居。将多少，雄心消荡，指点笑虚无。

凭临应吊古，陆沉何日，往事模糊。问鄂王遗烈，战垒云孤。留得旌旗故处，都付与、哀雁啼乌。空惆怅，天低巨野，春色漫平芜。

河满子　南州寄子诚

满径飞红衬雨，沿堤浅碧笼烟。瞥见斜阳明灭处，远山螺黛嫣然。杜宇声声啼怨，却教幽恨绵绵。

回首旧游如梦，舞衫歌扇蹁跹。忆否夜阑争绮语，风怀犹似华年。搅乱闲愁几许，一江春水频添。

减字木兰花 洋水仙

凌波微步，海上何时偏远渡。招得芳魂，拟效陈王赋洛神。盈盈晓梦，乡心应付双飞凤。彩绚云霞，留作神州第一花。

如梦令 酬藻鸿见赠

花外斜阳对影，禾上露珠穿颖。揽景触情怀，直到夜阑人静。人静人静，银箭迢迢漏永。

前　调

咫尺寄言珍重，情兴未嫌豪纵。灯灺酒醒时，妙境居然如梦。如梦如梦，忆否花间吟讽？

蝶恋花 红梅，用真西山先生原韵

笑启樱唇香半吐。仙子罗浮，岂为红尘误。绛雪盈盈山下路，晚晴不共流霞去。

画阁巡檐曾几度。风韵天成，怕受胭脂污。点额新痕殷缟素，怜他醉脸娇无语。

满庭芳 送春

柳外风清，花间月上，东皇昨夜言旋。离情别绪，频与梦魂牵。试问归程何处，时极目、碧海青天。多管是，繁华衰谢，征旆怎留连！

凭轩谁饯别，莺啼燕语，惆怅华筵。怪声听杜宇，催唤山前。恼煞骚人韵士，费几许、词笔吟笺。搔短鬓，又添华发，此恨自年年。

一剪梅 夏雨

廉纤梅雨黯云天。山自婵娟，水自潺湲。藤花椅上坐无眠，诗也慵编，词也慵填。

平芜一抹碧如烟。花影回旋，絮影缠绵。雨余新霁画桥边，稻苗红莲，荷贴青钱。

以上见《方上周词合钞》卷一，1948 年湘潭正山印务馆石印本。

周勋大

字建功，号健生，湘潭人。清末监生。

何满子 感旧怀约循叔

镜影平嵌螺黛，波光浑接平芜。犹忆绿杨芳草外，一犁春雨模糊。踏尽落花归去，含杯笑对罗敷。

往事漫成鸿爪，离踪竟类蒲菰。欲寄真心与明月，随风吹渡重湖。翘首碧空无际，暮云江上平铺。

调笑令 秋燕

秋燕秋燕，荏苒流光似箭。旧时王谢堂前，剪剪春风卷帘。帘卷帘卷，衰草斜阳路远。

以上见《方上周词合钞》卷二，1948 年湘潭正山印务馆石印本。

周旸寅

周旸寅，谱名大焌，字子英，号锐樵，湘潭人。清末附生。

沁园春　伤春

满目山川，绿战红争，烟柳婆娑。叹鹃喧怨血，三更吊月；莺捎倦羽，傍晚愁梭。处处花飞，飘来万点，细雨斜风莫奈何。朦胧里，把春光惨断，树拥寒多。

长天雾罨云罗，怅南浦消魂送别波。曲写骊驹恨，琵琶抱出，襟痕湿透，酒泪都和。香草依然，美人何处，水绕山重翠一窝。谁能复唱，大江东去，铁板高歌。

柳梢青　答友人舟次扬州寄意

靥粉匀留，轻抛玉钿，细转双眸。万顷秋波，一船明月，勾起新愁。

年年旧恨秦楼，黄昏后、满抱情柔。红叶飘来，碧云飞度，梦好扬州。

点绛唇　为匏庵写春雨初晴图

几阵东风，把春容十分装就。雨残云逗，日暖烘窗透。

梦远惊回，燕语莺啼后。后情难诉，却怜花瘦，压阑干长昼。

风流子　丁巳悲秋

尘氛弥浩劫，秋风阵、顿叠起愁云。盼漠北塞鸿，衡阳路断；江南归燕，朱雀桥倾。惊枫信、乱飞红叶下，点点逐鸦军。十里短亭，酒空帘散，一湾流水，渡歇舟横。

问从前何意，陡蜂狂蝶闹，蛮触蜗争。半夜旄头星落，满地腥闻。只蕉场鹿梦，荒丘宿草；牧童牛背，短笛斜曛。闲话昨非今是，新旧纷纭。

满庭芳　次楚材轶草韵，题蘧然山水图

山意寒冲，梅容冷破，芳情待展双眸。忽闻归棹，又紧促湘舟。漫寄涛笺作画，忆消遣、旧时愁。正无奈，遥天风雪，鹤影去悠悠。

离怀何处写，水横桥畔，云锁峰头。更山城塔耸，石瀑泉流。想那吟余卧赏，脱牢笼、放出诗囚。恁时节，相邀把酒，醉唱小东楼。

六幺令　慨湘绮

梦华江笔，醮得西京艳。高结绮情湘岸，柳把春光占。任受东风漂泊，卷起颠狂絮。玉堂金殿，欲依还却，半尽残花点枯砚。

眼前是谁豪杰，满腹装书线。季长学蔚宗材，纂缀成黄绢。几处青楼红院，醉月开芳宴。盛名传遍，鬓衰垂白，辜负船山云一片。

水调歌头　哀匏庵淑阃

荷雨才珠泣，明月正愁圆。蓦见嫦娥素魄，冷卧玉床边。搅得仙郎绪乱，促我灵枢妙谛，争奈绛唇缄。顷刻成离恨，长见泪珠联。

盼属眷，靡不道，孟光贤。慈云叆叇，菱波远润稻孙田。何事戏言身后，指那阿儿弱息，一一数金钿。无限心中意，都付小星天。

满江红　示蒙

艳曲淫词，只是写、风花雪月。可知道、圣经贤传，珍同玉册。满目东山红杏雨，偕游沂水春风客。看吴门、卧马起腾空，烟云白。

沧海变，洪流决。欧亚合，共和国。任东西铃铎，何分儒墨。雅抱羲琴成绝调，摩挲禹鼎悲残缺。叹于今、谁作素玉臣，全忠魄。

唐多令　舟行湘涨

风紧荻花洲，云低古渡头。白茫茫、一叶中浮。澹荡不知波浪阔，徒笑傲，漫夷犹。

古树早惊秋，清溪水独幽。叹阿谁、能去能留。付与画图全不管，空辜负，此东流。

南乡子　玩月

露气渗银河，皓魄当空漾雪波。五夜辉光长自好，如何一到中秋态更多？

镜里艳嫦娥，灵药偷来桂蕊和。捣罢玄霜抛玉杵，亏他冷着霓裳舞大罗。

南柯子　喜晴

树影低垂绿，窗前日映红。珠帘卷起画堂空，闲与邻翁把酒醉东风。

山压晴岚重，波摇翠霭浓。野航恰受两三人，载得春情喧闹镜湖中。

一剪梅　夏雨

麦黄梅熟雨横天，翠滴山前，绿涨池边。绮窗闲卧不成眠，情谱新编，恨曲重填。

珠帘半卷罨炉烟，蝶意盘旋，燕语联绵。两双心事有谁怜，娃弄盆莲，姹弄苔钱。

西江月

玉宇轻筛月浪，蟾宫飞下元霜。纤纤素手撮成香，桂魄一轮圆样。

塞上酥浓滑润，金盘晕透琼浆。洞庭波起泛银光，几处茗瓯长傍。

如梦令　苦雨

山顶一天云戴，树木半林烟挂。细雨促黄昏，凄断春光门外。无奈无奈，闷煞诗魔酒债。

前调　悲友悼亡，翻令成偶

风雨重阳乍送，菊酿霜痕有恨。访戚友西邻，又破菱鸾孤镜。堪痛堪痛，炊醒五更残梦。

郝欧淑范宜家，荻含雪意无遮。辄殷勤东道，育成兰砌双芽。莫嗟莫嗟，瑞兆九陛金花。

清平乐

春红倩笑，长是如花貌。梦里香魂愁欲晓，人比醒时更俏。

钿车十里笙歌，珠帘翠袖婆挲。写破一腔醉意，只怜明月情多。

以上见《方上周词合钞》卷二，1948 年湘潭正山印务馆石印本。

周大备

周大备，字嫁生，湘潭人。清末附生，留学日本弘文学院。

壶中天　送钱叔越游美摄影册

掠波一舸，且从容、万重寥廓。指点云山来眼底，不尽撩人错落。一帙游情，五年陈迹，唤出重商略。素秋夜静，几曾寒漫帘幕。

试问羁影天涯，栖心异国，甚人间萧索。无限珠玑嗟此去，输与虞卿双屩。雪外留鸿，帐前迎蝶，底事分今昨。放怀他日，置身犹是岩壑。

前调　战后寄藕孔羁人，时寓汉皋

滞云不展，惹西风、旋作一江秋雨。枯木欹斜人已渺，默默维舟官渡。更有征鸿，碧空难觅，带怨沉荒渚。吹寒哀角，料他无意栖苦。

念否凭遍阑干，纷然照眼，判悠悠今古。谁说伤心都自作，城郭人民何处！止水虽参，渴尘难遣，莫买云边住。汉皋游客，也应微笑如许。

前调 朽翁挽词

垂灯敛彩，更沉沉、窥我黯然思旧。回溯相逢三十载，曾抚双梧凉瘦。北阙东溟，梦痕多少，点点争奔凑。伤心人事，不堪都在回首。

最是缣素相忘，峰峦忽动，落幽人怀袖。憔悴京华尘十丈，仍是虚堂疏牖。思逐冥鸿，坐当飞鹄，慢说丹青手。朽翁知否？坚金犹自先朽。

二郎神 登问古亭，亭下有隧道，疑是马殷葬处

几回登眺，眺不尽、古今斜日。况槛外风添，城头山老，微弄湘天暝色，触处惊愁如何是，正岁晚、云阴初积。是脉脉古人，滔滔来者，劳劳心迹。

堪惜。故园冷落，幽宫岑寂。纵镜影泥澄，剑光寒淬，赢得词人彩笔。七十二坟，只肥秋草，应恨霸才狼藉。千古事、总是繁华一晌，土花凝碧。

甘州 癸亥秋晚见菊作

问重阳何事，尽秋风淅淅战黄花。看疏英仍健，暗香仍度，幽赏谁家。听罢砌蛩凄切，断续诉生涯。陶令虽无恙，尊酒停赊。

不惜短畦霜重，但惜已添寒峭，摧尽蒹葭。纵旧时逋客，

相见也咨嗟。是一番、倚阑吟苦，是一番、偷换好年华。东篱外，更无人管，衰柳残鸦。

踏莎行　过自在庵

街尾尤荒，门题如故，老尼问讯惊初遇。当年不舍带留山，而今怎觅纱笼句。

绛雪无踪，绿天难补，刹那惆怅成今古。欢时苦短蹙时长，人生总被春风误。

卜算子　石潭道中

苦雨怯繁霜，偶尔飞寒霁。天末残霞一段明，红糁澄潭翠。

无限好斜阳，辄被黄昏醉。不把云山尽划除，没计堪回避。

鹧鸪天　回辰山

剪剪晴寒透客衣，乱山已瘦乱云肥。四围暝色趋丛薄，一带昏烟泛翠微。

檐雀静，路人稀，两二童稚倚柴扉。寒鸦数点孤村外，驼着斜阳款款归。

阮郎归　宿东堂

绮窗无主昼长关，疏帘尘已斑。昙华身世意阑珊，思君偏不闲。

人已去，独凭阑，翻疑灯影悭。夜深风赚锦衾单，离愁和梦寒。

西江月 东塘冬日

一角荒凉院落，能销几度闲愁。短垣尽处接高楼，曾锁绿肥红瘦。

慢说长生若梦，拚将一梦千秋。朔风寒日且勾留，捡点人间残昼。

阮郎归 辰山道中作

近山迎面远连空，参差三五重。一重浓较一重浓，人来苍霭中。

沿滑磴，出幽丛，岩阴霜未融。草枯凌作玉玲珑，钗横西复东。

满庭芳 刘仲钦师长止园落成，词以贺之

岳雪迎春，湘波邀霁，绿野初辟仙居。兽镮鸳瓦，银戟灿丹除。自古兜鍪破敌，新来换、万卷诗书。旌旗里，轻裘雅步，锋镝笑谈驱。

清娱行乐处，诗裁唾玉，客迓怀珠。更水明添静，堂北生虚。看取门眉署字，琴樽外、辄厌军符。凝眸顷，东风淡淹，

麾节遍穷闾。

声声慢 秋蛩

偷生塍曲，试响篱隈，芳踪不到云屏。一霎西风，倩他聒破秋冥。争知玉人楼上，苦相思、机杼难胜。帷半掩，听凄凄私语，坐损孤灯。

无限寒烟衰草，料王孙、吟倦应自伤情。冷落生涯，偏教到处逢迎。安排瓮城沙堑，夺缠头、歌凯声腾。霜渐紧，个中人曾否暗惊？

念奴娇 还东堂旧居

暮烟横碧，又匆匆到了，兜人愁处。三十年来犹昨日，况值帘栊如故。拂镜窥晨，烧灯媚晚，等是闲情绪。无端枨触，便成多少凄楚。

长念作客生涯，无缘偕隐，孤负双眉抚。万事云烟都一瞬，兹恨联绵千古。不耐西风，吹残霜鬓，行作嵇山土。偃然将息，枕边无奈秋雨。

瑶台聚八仙 寿王季梁云十

晴展秋高，欢笑处、都醉杞菊香醪。旧游如梦，曾记万里飞艘。无意雕虫矜薄技，待看跃马弄长飙。舞中宵，浩歌未辍，翻月云坳。

年华未觉老大，纵礼征博士，恰称弓招。欲把年时孤剑，截断惊涛。不如铃柝作法，自输着连屯警夜刁。蒲团上，有大千世界，更愧松乔。

壶中天　寿曹讷庵

岁华弄晚，忽江梅惊碎，一天寒碧。春讯初回师子座，丈室招来香积。悟旋明珠，语敲青玉，是否笻边得？拈花相示，眸光飞度空寂。

更有含笑红兰，联翩竞舞，画云抟风击。偕老孟光欢娱甚，宁羡鸾书天锡。一室熙恬，两星璀璨，眼底应难觅。举觞称寿，彩云长泛余沥。

玉楼春　春仲还辰山

好春招我来乡曲，云树层层开画轴。柳条胶雨亸金绿，池面黏风翻翠谷。

道傍小草初醒绿，又被无情寒约束。子规随意两三声，啼血早匀山踯躅。

画堂春　题陈佩蘅先生八十寿辰，自画纪游图十帧（十首）

晴烘门外藕花香，放船还载壶觞。掠波双桨不曾忙，着我苍茫。

微雨戏人桥畔，棹归仍带斜阳。软红屏曲展奚囊，千顷湖光。**韩湖泛舟**

朝来呼唤试新骊，不須银灯金靰。蓦然惊起一声嘶，柳拂长堤。

风定落花红委，雨余芳草青齐。锦茵铺地映霜蹄，斜照低迷。**湖堤试马**

山深深处有崇台，石阑干带苍苔。夕阳红到锁窗隈，午醉初回。

闲住读书声里，隐囊吟榻相偎。隔墙花影月将来，天半云开。**麓山负笈**

游踪飘忽误晨昏，又攀垂柳都门。等闲行处尽飞云，襟袖缤纷。

谁谓已来秦岭，怳然如梦无痕。人间争得绝尘氛，疑到天垠。**秦岭横云**

飞芳花萼感凋零，漫嗟征路伶俜。一湖风击一舟横，一片哀鸣。

千里断魂无着，一襟离恨难平。夜阑惊度岁峥嵘，爆竹声腾。**鄱阳失柁**

颁冰时节客幽燕，暂来无定河边。雨翻新涨欲吞天，堤柳颠连。

波底白鼍来去，眼中黄蚁盘旋。不愁县水仞三千，杖履翛然。**桑乾伏汛**

波光云影碧漫漫，望中归思阑珊。老鲸吹海忽如山，失却尘寰。

人道世途多险，问君何事相干。浪花忙处我尤闲，琼岛盘桓。**黄海遇风**

联床听雨客犹家，夜深挑尽灯花。六桥烟柳一般斜，绾住游楂。

千载寺楼无恙，赤乌窥我天涯。容光投老照春华，曾咽朝霞。**韬光观日**

鸿飞吴楚任云飘，断行仍共秋高。懒将怀抱托香醪，孤负帘招。

桥上子规啼后，可堪风雨萧骚。洞庭涵月冷光摇，更促归桡。**湘江归棹**

楼头春昼暖光融，画帘摇曳东风。纵游重觅慰方瞳，笔底相逢。

行乐固须年少，赏心看取髯翁。贮将云树砚凹中，苍翠凌空。**山楼作画**

浣溪沙　春暮（六首）

莺语初调燕语新，不堪蒙雨又纷纷，无时□牖不黄昏。
宝鼎水沉羞宿雾，珠帘花影怯寒云，今人回忆去年春。

四野云酣雨意饶，一春长苦暮寒骄，高轩无复响朱桥。
含泪桃花矜粉靥，惹烟芳草妒青袍，玉楼凝睇暗魂销。

青帝双龙去不还，还时谁是旧时颜，荼蘼今已就阑珊。
几处鸠呼云欲坠，五更鹃响梦尤寒，可能俱是促春残。

玉宇琼楼十二重，安排春住碧玲珑，忽惊愁雨去匆匆。
柳弄轻绵都贴地，江添寒涨欲弥空，飘零无处泣残红。

晓梦扶将宿雨醒，昨宵新涨没莎汀，云开更失远山青。
风趁千帆迷远近，情黏一鸟破空冥，教人何处觅南溟？

乘兴来游兴尽还，孤征又入楚天宽，五朝两度看君山。
不恨此身非我有，但怜啼血鹧鸪斑，春来春去不清闲。

齐天乐　次十发韵寄宝权

柳条忘却骊歌苦，沉沉又笼湘岸。感滞春归，眠回月落，何许飞来琼翰。宫移羽换。有敲玉新声，响流桐爨，唤起幽魂，片云不向梦中断。

衰年更婴末疾，客居翻宴坐，清昼销半。雀闹花丛，龟呼沼曲，一院阴晴难辨。多情纵惯。问江上峰青，曲终谁见？对酒无时，把菱花自遣。

以上见《方上周词合钞》卷二，1948 年湘潭正山印务馆石印本。

周大肃

周大肃，字柏恭，湘潭人。师范毕业，学名执中。

风入松　竹竿

游人等得过清明，淇隩竹枝生。借问琅玕谁取折，一竿影、分外澄清。春雨池塘青草，春风鱼上浮萍。

纶丝作钓说严陵，隐处跨西泠。那得富春真胜迹，一钩月、新挂凉亭。洒脱烟波钓叟，碧云天气初晴。

多丽　萤火

碧云遮，夕阳烟柳欹斜。正迎眸、池塘萤影，垂杨莫动惊鸦。记前度、临溪把钓，莫疑误、映水云霞。潇洒无聊，乘凉溪畔，含笑着鼓吹虾蟆。且静观、穿帘星火，囊照最怜车。那知觉，风流余韵，江上琵琶。

更堪夸、隋宫汉苑，几多靡乱纷华。金井阑、声寒络纬，巫山夜、景透鲜花。罗扇轻摇，纱笼熠燿，天机活泼岂吁嗟。见点点、宵行颗小，月明后、清净无哗。露痕凝，流光飞放，好问津涯。

满路花　角黍

悠悠楚岫云，澹澹湖湘水。孤帆返棹归、汨罗浒。蒲阳佳节，怕把离骚谱。酾酒临江渚，无限烟波，惆怅龙舟竞渡。

馨香频荐，慷慨空怀古。具彩色花绒、缠角黍。浪卷风清，仿佛君来去。多情珍付女，罗袜尖尖，好似凌波微步。

以上见《方上周词合钞》卷二，1948 年湘潭正山印务馆石印本。

骆　鹏

骆鹏，字迈南，湘阴人。

水调歌头　题鼎芬像

澒洞风尘里，何地解愁颦。沐猴依旧冠带，刍狗庙堂陈。瞥喜紫芝眉宇，连着东南翠气，黄山谷诗：眉宇之间如太华，一段翠气连终南。写入画图新。欲邀三径月，同醉玉壶春。

纫兰茝，搴杜若，汨罗滨。体胖心广，却殊他憔悴灵均。万顷湖波莹澈，千里岳云舒卷，灵秀萃君身。曲江风度好，彭泽性灵真。

见《南社丛刻》第二十二集

黄　钧

黄钧（？—1943），字梦蘧，一字栩园，醴陵人。民国初任《铁笔报》《长沙日报》编辑。1921年在南洋任《天声日报》总编。回国后任军司令部主任秘书、醴陵县志局编纂等职。

点绛唇　一昔词

生小娇憨，画楼爱听风和雨。春光无主，花落知何处。

解识侬欢，不识侬心苦。天涯路，多情似汝，拚把浮名误。

忆王孙

香车宝马逐花丛，淡扫蛾眉不计工，邻女三千粉黛空。冠东风，天半朱霞一抹红。

眼儿媚

山桃带雨不胜娇，红锁木兰桡。一春心事，万重哀怨，几度魂销。

风狂雨横何时歇，客路总迢遥。金铃谁护？绿章谁奏？银烛谁烧？

如梦令

媚眼盈盈秋水，那禁娇羞如许。倚笛按歌清，吹落梅花无数。三五三五，人在广寒深处。

醉太平

楼高月明，风微笛清。红灯绿蚁盈盈，问何人醉醒。
三更两更，乌啼雁鸣。一时并入银筝，似渐离筑声。

丑奴儿

酒阑人静春无那，花影蒙蒙，风度帘栊，一曲歌声绕碧空。
扬州旧梦应相见，宝髻轻笼，媚眼惺忪，满院夭桃欲坠红。

菩萨蛮

红楼几度曾相识，春风秋月多萧瑟。门巷认依稀，垂杨鸦乱栖。
落花风正急，莫向花前立。何处是红颜？夕阳山外山。

调笑令

调笑调笑，无限心情缭绕。酒痕红晕胭脂，斜倚云屏皱眉。

眉皱眉皱，一点春心冰透。

相见欢

一腔心事谁知，酒阑时。悄向百花深处立斯须。

春柳绿，群莺簇，莫相思。怎奈闲愁闲恨蹙双眉。

忆江南

花信早，旧事说江南。记取莫愁湖畔路，风酥雨腻荡轻帆，眉样小峰尖。

以上见《南社丛刻》第十三集

更漏子　题哲夫所藏宋奶阑样子

凤儿娇，蛱蝶小，画作奶阑还好。羞答答，怕人知，酥香香透衣。

是何年，春三月，几字模糊难说。知他是，宋时衵，营山张蕙娘。

见《南社湘集》第二集

留春令　湖心亭示小沙弥

月连云驰，岸移舟驶，几经朝暮。觅到湖心，依稀在此，问湖心何处。

着袂天花挥不去，况柳丝千缕。凝眸四望，烟波万顷，且任他围住。

见《南社湘集》第六集

曹典藩

曹典藩，字价人，长沙人。

忆秦娥 春暮

廉纤雨，绿阴凄绝莺儿语。莺儿语，问春归处，不知何许。

扁舟送别经南浦，伤心怕折垂杨缕。垂杨缕，风流依旧，可怜张绪。

黄金缕 闺情，次黼堂韵

东风无力杨枝老，絮扑长堤，点点和烟袅。盼断玉关归路杳，新愁旧恨何时了。

新愁旧恨何时了，泪眼模糊，直任灯儿恼。寄与相思红豆少，从今倦把蛾眉扫。

南乡子 立夏

门外雨廉纤，满地残红尽化烟。怪底春归人意懒，恹恹，燕子飞来不卷帘。

料峭晚风严，吹得新寒一霎添。欲解杖头沽酒去，青帘，指点孤村绿树边。

以上《湘东七子诗钞·绿阴书舍诗余》，光绪三十一年（1905）长沙蝶社刻本。

傅道博

傅道博，字绍禹，醴陵人。

浣溪沙　集唐（三首）

马邑龙堆路几千，春愁黯黯独成眠，一弦一柱思华年。
明月好同三径夜，绿杨花扑一溪烟，月光如水水如天。

侍女新添五夜香，望仙楼上望君王，蓬莱宫在水中央。
同穴窅冥何所望，小姑居处本无郎，可怜飞燕倚新妆。

来是空言去绝踪，画楼西畔桂堂东，眼看春尽不相逢。
二女庙荒汀树老，东山事往妓楼空，辞根散作九秋蓬。

菩萨蛮　（十四首）

笙歌起处光明灭，梨花庭院飘香雪。独自蹙双眉，月来深院迟。
不堪频对镜，泪脸红相映。湿透绛衫襦，春山啼鹧鸪。

夫容帐里鸳鸯枕，红罗被上同心锦。往事杳如烟，恼人轻暝天。

离愁知不浅，历乱浑难剪。双颊透轻红，高楼花信风。

宫妆新抹梅花额，琵琶斜抱频教隔。长忆见伊时，那应成别离。

凤钗留一股，莫忘尊前舞。此意仗郎知，愿为连理枝。

一双翠羽金鸂鶒，小池细皱春波碧。隔院种红梨，新来开几枝？

镜中轻粉靥，头上花蛱蝶。原草长菲菲，莫教欢乐稀。

小楼朱户轻飞雪，檀郎忆否当年别？心事诉分明，愿为春暖莺。

年年空绣幕，直是郎轻薄。生世爱多情，悔将佳约轻。

年时旧事成追忆，春风吹老花无力。烟草正萋萋，玉骢门外嘶。

眉峰双蹙翠，点滴猩红泪。独自背人啼，觉来魂梦迷。

丁香结就同心缕，清明时节花如雨。消瘦懒梳妆，围腰双带长。

长亭离别久，绿尽依依柳。何日与重来，玉人归不归？

黄鹂欲老流莺歇，团圞剩有天边月。归计可曾成，书中言未明。

珠光明粉脸，团扇羞难掩。离思苦相干，归迟春恐残。

瑶琴罢弄东风白，嫩寒人影疏帘隔。细雨落花飞，新来宽舞衣。

楼头杨柳绿，怕谱离鸾曲。独自思依依，画梁双燕归。

南塘烟水双鸂鶒，晓风潋滟如浮碧。红雨一丝丝，春光容易时。

荒鸡惊梦断，烟柳河堤岸。修到合欢枝，两情都可知。

妾心已作沾泥絮，飞飞不惯随风雨。小院剩斜阳，落花犹自香。

春红匀睡脸，云鬓松松掩。微雨一灯昏，无言深闭门。

画楼睡起日初午，梦中记得伤心语。醒后味偏长，无言松晚妆。

韶华真可惜，过后空追忆。花好会当残，应怜孤馆寒。

高楼睡暖红红日，楼头杨柳丝丝拂。双燕到虚堂，相思春日长。

荼蘼花簌簌，随意河堤绿。新涨又平桥，朱颜消未消。

东风一夜鸳鸯冷，红灯高馆参差影。时世斗新妆，清歌舞凤凰。

兴来浑不浅，已是天涯远。山鸟忒多情，时啼三两声。

临江仙

几日落花无语，一腔心事如潮。流光容易把人抛。楼台香已冷，杨柳碧空摇。

绿酒尊前谁劝，玉栏干畔无聊。更何方法度春宵？微风动罗幕，寒雨滴芭蕉。

误佳期

庭院深深几许，杨柳青青无语。斜阳只管做黄昏，不管侬心苦。

燕舞石尤风，花落清明雨。杜鹃枝上遍啼红，依旧春无主。

绿意　自题蘼芜阁

溪山胜处，有竹篱茅舍，留人小住。绿润窗纱，红暖帘栊，清绝一庭幽趣。朱阑曲折梧桐院，更别有、斜阳千树。试登楼、一晌徘徊，四壁青山无语。

最好春秋佳日，任临水登山，翱翔容与。浪迹风尘，结客江湖，回首当年都误。英雄百辈风流尽，总付与、大江东去。惜芳菲、写入离骚，不管悲秋风雨。

陂塘柳　题哲夫画赠高柳水堂图

问佳人、是何身世，水堂山馆留滞。烟波澹荡喧鸥鹭，碧柳弄风摇曳。还更喜，有绕屋山花，簌簌红无比。朱阑俊倚。尽肌骨阑珊，丰姿绰约，正自饱情味。

人间世，何处销魂有是，飘零那得来此。他生万一重来，也定向个中投止。浑不似，怕渔者桃源，往迹迷前地。画图纵纪。但恨海情天，几时了断，即此也痴意。

以上见《南社丛刻》第二十一集

忆江南 题亚子分湖旧影图（六首）

分湖好，最好在芳春。风送柳堤莺语乱，晴暄柳陌燕泥新，分付理丝纶。

分湖好，最好麦秋天。野敞天陲迷远树，风低水面走轻烟，人在酒家眠。

分湖好，最好是清秋。烟淡笛吹疏柳岸，月阴人倚小江楼，洲渚散群鸥。

分湖好，最好是初冬。枫叶萧萧天瑟瑟，霜风猎猎雾蒙蒙，天地一渔翁。

分湖好，最好集群贤。芳雪疏香吟往日，碧梧苍石画当年，粥粥柳枝传。

分湖好，最好画图中。澹荡烟波湖水绿，参差楼阁夕阳红，风物往年同。

以上见《南社丛刻》第二十二集

谭作民

谭作民，字介夫，一字介圃，号天噫，湘乡人。

鹧鸪天 （二首）

逐日花开连理枝，双双蝴蝶敛娇痴。连翩似解灵犀怨，识得花残折已迟。

花未折，泪先滋，一天鱼雁耐人思。绣帘长卷关山梦，昨夜东风着意吹。

恰听红鹃啼未休，鹧鸪声又入层楼。荻花枫叶伤心事，一例空江带月流。

卿作蝶，我为周，果能知我梦时愁？欲将红叶题诗去，又恐潮流断玉沟。

以上见《南社丛刻》第五集

瑞鹤仙

群芳花圃，有大荷一钵，对予旅户，云系别种。白蕊渐次耸开，团簇香润，辄动爱怜。游人每摘去，凋零无似，作此感伤。

怅芳心何处。卅六陂、伊人犹在汀渚。偷闲学鸥鹭，看亭亭、玉立纤裳轻舞。凭叹待语。纵倾盖、相思总误。恨青衫陡惹，西风怎怨，天涯迟暮。

休诉迷蚨蹀躞，弱柳阴沉，夕阳无数。盘心正苦。消凝是，浣纱女。奈珠尘不染，幽香未稳，多情反招痴妒。对幽栏、粉泪双垂，暗添愁绪。

暗香　梅

岭头十月，看着花几点，飘然清绝。净洗粉痕，独自萧疏信高洁。寒透缟衣睡稳，天长淡、西风消歇。想昨夜、露重篱边，孤调正三叠。

簪缀，恨切切。纵颤袅侧欹，只怕轻折。岁华易阅，明月天涯几完缺。休念深宫旧事，幽梦远、芳魂还怯。恐惹得、飞雪满，此情怎说？

疏影　梅

寒枝嫩直，正窗前诩诩，无限消息。小阁铜瓶，疏雨帘栊，乍添万户春色。嫣然笑醒群花梦，对皓月、自怜幽笛。但暗窥、竹外横斜，误了几番青白。

回首沉沉密约，自湘洛别后，缥缈无迹。五月江城，满地幽香，总算是、东风无力。青青芳草湖山远，夕照里、有尘烟隔。恁正时、妆点魂销，未识几生修得。

莺啼序　京中晚登城楼，远望乌鸦有感，次梦窗韵

闲来丽谯望远，对层城万户。乱山外，烟暝青芜，荏苒无限春暮。看西下、残阳一抹，乌鸦远送亭亭树。怪东风，何事吹来、满地香絮。

触眼新巢，莫黑匪尔，况群飞似雾。惜孤雁、比翼寒云，阻修难寄缣素。最无聊、啼莺语燕，弄晴晚、垂杨千缕。莫浮沉，魂断江湖，不如归鹭。

谁家屋上，底处竿头，似念泣孤旅。奈旧影、合知何世，绕树三匝，物换星移，可怜风雨。南飞未稳，苍黄留滞，吟诗横槊酾江月，记当年、孰劝公无渡。周郎杳矣，回看自古英雄，一例腐骨尘土。

萧条古驿，落寞神祠，有夕阳草苎。但细数、人民城郭，鹤去悠悠，华表临风，落花飞舞。惊尘碍步，香衾侵梦，长亭离恨休对泣，月明时、闲诉鸳鸯柱。雌雄谁个人知，试问胡天，乌头白否？

以上见《南社丛刻》第十五集

图书在版编目(CIP)数据

湖湘词全编/熊治祁编．--长沙：岳麓书社，2024.12.--ISBN 978-7-5538-2240-2

Ⅰ.Ⅰ222.8

中国国家版本馆 CIP 数据核字第 2024RE3903 号

HUXIANG CI QUANBIAN

湖湘词全编

编　　者：熊治祁
出 版 人：崔　灿
出版统筹：马美著
责任编辑：李业鹏　孙世杰　薛文骏
责任校对：舒　舍
封面设计：戴　宇

岳麓书社出版发行
地址：湖南省长沙市爱民路 47 号
直销电话：0731-88804152　0731-88885616
邮编：410006

版次：2024 年 12 月第 1 版
印次：2024 年 12 月第 1 次印刷
开本：640mm×960mm　1/16
印张：251.25
字数：2800 千字
书号：ISBN 978-7-5538-2240-2
定价：1980.00 元(全十册)

承印：长沙超峰印刷有限公司

如有印装质量问题，请与本社印务部联系
电话：0731-88884129